ody 狂詩曲

愁堂れな

幻冬舎ルチル文庫

CONTENTS

✦目次✦

rhapsody 狂詩曲

✦イラスト・水名瀬雅良

rhapsody 狂詩曲……3
reasons……95
無用の言葉……107
黄金の休日……151
あとがき……209
ショーのはじまり……210

✦カバーデザイン＝清水香苗（CoCo.Design）
✦ブックデザイン＝まるか工房

rhapsody 狂詩曲

1

目が覚めたとき、隣にいるはずの桐生《きりゅう》は既《すで》に出社したあとだった。いつもなら僕が寝ていたとしても、出かけに「行って来る」と必ず一声かけてくれるのに、どうやら昨夜の口論を未《いま》だに引き摺《ず》っているらしい。

そう——昨夜、殆《ほとん》ど初めて、といってもいいであろう諍《いさか》いを彼としてしまったのだった。今まで些細《ささい》な口喧嘩《げんか》は何度かしたことがあったけれど、どちらかが真剣に腹を立てるまでに発展することはなかったのだが——大抵の場合、強引に桐生に行為に持ち込まれてそのまま喧嘩の原因がなあなあになってしまうことが多い。それもどうかとは思うのだが——今回は彼の怒りが相当根深いということなのだろう、と冷たくなってしまっていたシーツを撫《な》でながら僕は溜《た》め息をついた。

ことの発端は、車、だった。新人の小澤《おざわ》が販促の意味もあって——僕の所属する部は自動車を扱っているからだ——いよいよ車を買うことになったという話のあとに、

「僕も買おうかな」

と何気なく零《こぼ》した言葉から、すべては始まったのだった。

「車？」

裸の背を抱き寄せながら、桐生が気《け》だるい声で問い返すのに、

「課で持っていないのはとうとう僕だけになったからね」

と答えはしたが、それほど僕は本気で自分の車を買おうとは考えてはいなかった。

「ふうん」

桐生が僕の髪に顔を埋《うず》めるようにしながら、片手を僕の下肢《かし》へと伸ばし、達したばかりの雄をやんわりと握り締めてくる。

「……桐生……」

まだ汗も引かないうちから二回目か、と思わず身体《からだ》を彼から遠ざけようと、その胸に両手をついた僕の耳元に、桐生は思いもかけない言葉を囁《ささや》いてきた。

「買おうか」

「買う？」

何を、と見上げた僕を再び強引に抱き寄せながら、桐生が呆《あき》れた眼差《まなざ》しを向けてくる。

「車に決まっているだろう」

「車？」

「今まで車の話をしていたんじゃないのか？」

さも当然のようにそう言い、雄を扱《しご》きはじめた彼の手を、僕は思わず押さえてしまった。

「車を買う？」

「ああ。勿論《もちろん》俺の車を使ってもらっても構わないが、そういつも一緒に動いているわけじゃないからな。どうする？　ＢＭが気に入ったようだが、同じＢＭにするか？　別にＭ社じゃなけりゃダメってわけでもないんだろう？」

僕の制止など少しも気にせず再び雄を扱き上げはじめた彼の手を、僕は更に強い力で摑《つか》んだ。

「なに？」

いつにない僕の抵抗に、桐生の端整な眉《まゆ》が顰《ひそ》められる。

「『ＢＭにするか』って、無理に決まってるじゃないか」

「なぜ？」

僕の手を振り解《ほど》くようにして桐生は一旦僕の雄を離すと、一体何を言っているんだ、と言いたげに顔を覗《のぞ》き込んできた。

「流石《さすが》にＢＭは手が出ないよ。無理すればなんとかならないことはないけど、そう何年もかけて返済したくもないし……」

入社四年目にしてＢＭＷを買うというのはある意味暴挙だった。今だってそんなに余裕があるわけではないのだから、これで毎月のローンを払うことを考えたらどうなるか、返済に苦しんでいる先輩諸氏の姿を見ていればいやでもわかる。

「買うとしても国産だけど、今、どうしても欲しいってわけじゃないしね」

「買ってやるよ」

あまりにもなんでもないことのように桐生にそう言われ、僕は一瞬彼が何を言ったのかがわからず、ぽかん、とそれこそ口をあけて顔を見上げてしまった。

「そうだ、今週末に早速買いに行こう。駐車場ももう一つ借りなければならないが、結構余裕がありそうだからそれは心配ないだろう。何がいいんだ？　ＢＭか？　それともいっそのこと、ジャガーにでもしてみるか？」

「ちょっと待ってくれ」

漸《ようや》くことの重大さに気づいた僕は、思わずベッドから起き上がり、仰向《あおむ》けに寝転ぶ桐生の顔を見下ろした。

「ん？」

軽く小首を傾《かし》げるようにして桐生が僕を見上げてくる。彼の目の中に、傲慢《ごうまん》さの欠片《かけら》もないことはわかってはいたが、それでも僕はその言葉自体の傲慢さの前に声を荒らげずにはいられなかった。

「『買ってやる』って……そんなことまでしてもらうわけにいかないよ」

「どうして」

桐生も身体を起こし、僕と向かい合うようにしてシーツの上に座ると、僕へと手を伸ばしてきた。

「ＢＭも、ジャガーも！　そんな高価なもの、簡単に受け取れるわけないだろ」

その手を払い退《の》け、彼を睨《にら》んだ僕の言葉の意味が桐生には通じていないようだった。

「何故《なぜ》？　別に下心はないぜ？」

「こっちが反対に聞きたいよ。何故そんな簡単にそう高いものを買ってやるなんて言えるのか」

「高い安いは関係ない、お前が欲しいものを買いたいというだけじゃないか」

「だからなんで『買いたい』なんて思うんだよ。今まで桐生に何かを買ってほしいなんて、僕は一度も言ったことないじゃないか」

「別にいいじゃないか。必要なものを買う、欲しいものを買う、何が問題なんだ？」

「問題も問題だよ。第一僕だって一応働いているんだぜ？」

次第に互いの声が大きくなり、口調も速くなってゆく。言われたら言い返す、ということを繰り返しているうちに、普段なら絶対に言わないであろうことまで僕は口にしてしまっていた。

「そりゃ、君に比べれば僕の収入なんて僅《わず》かなものかもしれないけれど、だからといってなんでもかんでも買ってもらおうなんて僕は思っちゃいないし、してほしくもない」

「だれもそんなこと言ってないだろう」

呆れたような彼の口調に、カチンときてしまい、僕は更に勢い込んで言葉を続けた。

「だったらなんで、僕から生活費を受け取ってくれないんだ？　家賃だって光熱費だって、食費だって一円も受け取ってくれないじゃないか。出かけるときも全部君もちだし、それで僕がどれだけ肩身の狭い思いをしているか……っ」

「肩身が狭い？」

桐生のいきなりの切り返しに、僕ははっとし息を呑《の》んだ。僕を見据える彼の眼差しの厳しさが、益々《ますます》僕から言葉を奪ってゆく。

「そんなことを考えていたのか？」

射るような視線を真《ま》っ直《す》ぐに僕へと向けながら、低い声で問いかけてくる桐生の顔は、小さな灯《あか》りが投げる陰影がその彫りの深さを更に際立たせていたせいでまるで見知らぬ男のように見え、僕に脅威を与えた。

「……いや……」

桐生に悪い、という思いは抱《いだ》いていたが、『肩身が狭い』は口が滑っただけだった。こんな立地のいい物件、快適な部屋に住まわせてもらっているということに対して感謝していたし、一銭も受け取ってもらえないことに対しては確かに申し訳ないと思っているのだけれど、自分の立場を少しでもよくしようとカネを受け取ってくれ、などとは考えたこともなかった。

売り言葉に買い言葉で、言いすぎてしまっただけなのだ、と言いたいのに、言葉が少しも

出てこない。桐生はそんな僕をじろりと一瞥《いちべつ》したあと、聞こえよがしに溜め息をつくと、

「ここの家賃と光熱費は会社もちだ。食費といっても殆ど家でなど食べていないのだから、お前が『肩身が狭い』思いをするほどの金額にはなっていないと思うが？」

と感情を抑えたような声で告げ、再び忌々《いまいま》しげに小さく溜め息をついた。

「桐生……」

彼を怒らせてしまった——今までにない桐生のリアクションに、彼の怒りの深さを見たような気がして、僕はただおろおろと顔を見返すことしかできなかった。桐生は感情のない眼で僕を暫《しば》し見ていたが、やがてふいと目を逸《そ》らすと、

「寝るぞ」

と一人ベッドに寝転がり、僕に背を向けたまま、上掛けを肩まで引き上げた。

「桐生……」

ごめん、と喉元《のどもと》まで出た言葉が告げられぬほどの拒絶をその背に感じる。本当にそんなつもりではなかったのだ、と僕は何度か彼の背に声をかけようとした。が、今以上のはっきりとした拒絶を受けるのが怖くて結局何も言うことができず、仕方なく僕も彼に背を向けベッドに横たわった。

背中には彼の背の温《ぬく》もりを感じ、頬《ほお》をつけたシーツは彼の規則正しい呼吸の音を近く僕へと伝えてくれるのだけれど、心は今まで感じたことがないほどに遠くにあるように思える。

何故あんなことを言ってしまったのだろうという後悔のもと、僕は夜が明けるころまでまんじりともできずに、彼の傍《かたわ》らで強張《こわば》る身体を抱き締め横たわっていたのだが、何時《いつ》の間にか眠ってしまったらしい。

少しも睡眠後の爽快《そうかい》感など味わえぬ朝ではあったが、いつまでもこうしてぼんやりしていても仕方がない。僕はのろのろと起き出し、身支度をはじめたのだった。


その日はよくよくついていなかったらしく、出社した途端、僕は野島《のじま》課長に会議室へと呼び出された。

「人事から連絡があったんだけどな」

まあ座れ、と野島課長は会議室の椅子《いす》を示すと、言い難いことなのか、言葉を選ぶようにして話し始めた。

「お前、ここのところ寮に全然帰ってないそうじゃないか」

「あ……」

まさかそんなことで呼び出されるとは予測もしてなかった僕は、絶句し課長の顔を見返した。

「いや、そんな、個々人の生活態度にまで、俺が口出すことじゃないっていうのはわかってるんだよ」

課長は慌てたように顔の前で両手を振ると、

「実はそろそろ来年の新人用に寮の空き室を人事がチェックしているんだが、どうやら室数が足りないらしいんだな。それで実際の利用状況を各寮に問い合わせたところ、随分前からお前が全く帰ってきていないと連絡がいったそうなんだ。まあ、寮費はちゃんと払ってるんだし、文句言われる謂《いわ》れはないとは俺も思うんだが、もし今、他に住んでいるところがあるのなら寮は解約するようにという話を、上司からしてほしいということなんだが……」

と、ここで課長は言葉を切り僕の顔を探るような眼差しで覗き込んできた。

「実際のところ、どうなんだ？　今、同棲《どうせい》でもしてるのか？」

「……はあ……」

一体なんと答えるべきか、と僕は肯定とも否定ともとれるように曖昧《あいまい》に頷くと、必死で考えを纏《まと》めようと頭を絞った。寮を解約することについては、実際に今住んでいないのだから何の問題もないのだけれど、そうなると新住所を上司と人事に届け出なければならなくなってしまう。

さすがに築地のマンションの住所は告げられないから——あんな家賃の高いところに何故住める、という話になるに決まっているからだ——いっそのこと実家に帰ったことにするか、と心を決め口を開こうとしたとき、僕の脳裏に昨夜の桐生との口論が蘇《よみがえ》った。

『そんなことを考えていたのか』

もし――もしもこのまま桐生の怒りが解けなかったら、僕はあの部屋を出ることになるかもしれない。

ふと浮かんだその考えに、僕は鋭利な刃物でもつきつけられたときのような寒気を覚えた。初めて桐生が見せた、僕に対する怒りの表情――まるで見知らぬ男のような、無感情にすら見えるあの眼差しが、この先も解かれることがないとしたら――？

「……瀬、長瀬《ながせ》、どうした？」

僕は一瞬、ぼうっとしてしまっていたようだ。名を呼ばれ、はっと我に返ると、目の前で心配そうに僕の顔を覗き込んでいた野島課長に詫《わ》び頭を下げた。

「……すみません……」

「いや……何か、ワケアリなのか？」

言いたくないならいいけどな、と言いながらも、好奇心を瞳《ひとみ》に滲《にじ》ませた課長は、更に僕の顔を覗き込んでくる。

「そういうわけでもないんですが……」

「まあな、カノジョの部屋に入り浸ることについては俺も若い頃はそうだったし、とやかく言うつもりはないいんだが、寮を解約して二人で住むには狭いんじゃないのか？　どうせワンルームかなんかだろ？」

　僕の口を開かせようとするためか、次第にいつものように砕けた口調になった課長はそんなことを言いながら、

「まあ、寮の部屋はキープしておくのも手だとは思うから、たまには帰るようにしろよ。それなら人事も煩《うるさ》いことは言ってこないだろう」

　と僕の肩を叩《たた》いた。

「はあ……」

　課長は僕が、彼女の家には入り浸っているが、結婚はまだ考えていないので、どうしようかと悩んでいるとでも勘違いしてくれたらしい。

「ま、まだ若いから仕方がないよな。でも羽目だけは外すなよ？」

　ぱちりと片目を瞑《つぶ》って見せたその顔からも、彼の勘違いはよくわかったが、敢《あ》えてそれを訂正することはないかと僕は思い「はい」と大人《おとな》しく頭を下げた。

「朝からこんな話で悪かったな」

「いえ……」

　二人して立ち上がり、ドアへと向かう。

「人事には俺から適当に答えておこう」

「すみません」

再び頭を下げた僕に課長は、

「あんな困った顔されちゃ、ひと肌脱がずにいられようか、ってね」

と豪快に笑って僕の背を叩いた。

「…………」

ここは僕も笑っておいたほうがいいのだろうか。野島課長は冗談なんだか本気なんだかわからない言動が多い人だ、と思いながら僕はやはり笑ってるような、申し訳ないと思っているようなどっちとも取れる曖昧な顔のまま、また頭を下げ、彼のあとについて席へと戻った。

「あ、長瀬、今戻りました。少々お待ちくださいませ」

僕の姿を認めた途端、大きく手を振ってきたのは新人の小澤だった。

「誰？」

向かいの席に座りながら尋ねると、小澤は保留を押し、

「寮の主務さんです。五番です」

と告げたあと、小さな声で囁いてきた。

「なんなんでしょうね？　この間も長瀬さんが全然寮に帰ってないんじゃないかって、僕、根掘り葉掘り聞かれたばかりなんですけど」

「……ありがとう」

主務さんの立場もわからないではないが——寮にいる社員の管理も仕事のうちだからだ

――人事に告げ口をして尚《なお》、まだ僕にクレームでもつけるつもりだろうか、と心持ち憮然《ぶぜん》としながら電話に出た僕の耳に飛び込んできた彼の声は、僕以上に憮然としたものだった。

『ああ、長瀬さん？　困っちゃうんだよねえ』

「はい？」

困ったのは僕のほうだ――って自分が悪いのだが――と思いつつも、その剣幕に押され問い返すと、主務さんは驚くようなことを言ってきた。

『昨夜から長瀬さんの弟さんが来てるんだけどねえ』

「え？」

思わず大きな声を上げてしまった僕に、野島課長や小澤の視線が集まる。

なんでもないです、というように首を横に振りながら僕は受話器を握り直し、彼らに背中を向け小さな声で問い返した。

「弟って……本当ですか？」

『「本当ですか」って、嘘《うそ》なんかつくわけないでしょう。終電が出ちゃったような時間に訪ねてきたもんで、昨夜は仕方なく長瀬さんの部屋に泊めてあげたけどね、さっき起きてきたと思ったら、メシ食わせろとか、風呂入らせろとか、寮をホテルかなにかと勘違いしてるんじゃないのかい？　いい加減にしろって長瀬さんからも言ってやってくださいよ』

主務さんは相当頭に来ているらしい。延々と続くクレームの一つ一つに僕は「すみませ

ん」と詫び続けたのだが、彼が息継ぎをするために言葉を区切った隙《すき》をつき、

「で、弟は？　今、いますか？」

と問いを挟んでみた。

『いるもなにも、ずっと長瀬さんの部屋にいますよ。そういや長瀬さんも最近ちっとも帰って来ないですよね。郵便物だって結構たまってるんですよ？　まあDMが多いっちゃ多いですけど、それでもたまにはねえ』

「すみません、今からすぐ帰ります」

更に僕自身のことにまで波及しそうだった彼の小言をなんとか僕は遮ると、それじゃ、と簡単に挨拶《あいさつ》して電話を切った。スケジューラーで今日の予定をざっとチェックし、午前中は特に何もなかったことを確認したあと、好奇心丸出しの表情で僕を見ていた課長へと歩み寄っていった。

「すみません。なんだか寮に弟が来ているそうで……」

「弟？」

野島課長の声に、周囲の注意が集まる。しまったな、と思いながらも許可は得なければならないからと、僕は更に小さな声で、

「今、主務さんから連絡が入ったんですが、ちょっと事情がよくわからないので一旦戻ってもいいでしょうか。午前中、特に予定はないので半休扱いにしていただきたいんですが

「……」

と課長の耳に口を寄せ囁いた。

「そりゃかまわないが、一体どういうことだ?」

野島課長もつられたように小さな声になり、僕の顔を見上げてくる。

「……さあ?」

本当にわけがわからなかった。弟の浩二《こうじ》が何故、僕の寮になど出現しているというのだろう。

「とにかくちょっと戻ってみます」

申し訳ありません、と頭を下げると、課員たちの好奇心溢《あふ》れる眼差しを背に、僕は慌ててフロアを飛び出した。

スタートからして躓《つまず》いた今日という日が、本当の意味で『厄日』であったということに僕が気づくのは数時間後のことになるのだが、勿論そのときの僕にはそれがわかるわけもなく、ともかく急ごうと駆け込んだ地下鉄のドアにもたれ、寮のある千葉の駅に電車が到着するのを、じりじりしながら待ったのだった。

2

「ああ、長瀬さん」

寮の玄関に駆け込んだ僕を早速見つけ、三上《みかみ》主務が主務室から飛び出してきた。

「どうも……」

お久し振りです、というのもヘンか、と思いながらも頭を下げた僕に、

「なんだ、会社はよかったのかい？」

先ほどの剣幕は何処《どこ》へやら、三上主務は逆に申し訳なさそうに頭を下げ返してくる。

「ええ、まあ……」

もともと三上主務は気がいい上に面倒見もいい人だから、あれだけ怒ってはみせたものの、僕が会社を抜けてまで戻ってきたことに恐縮してくれているらしい。

「それより弟がご迷惑をおかけしたそうで……」

恐縮するのは僕のほうだ、と慌ててまた頭を下げ返すと、怒りが再燃したのか、彼は、あ、と顔を顰《しか》め、一気にまくし立て始めた。

「今、長瀬さんの部屋にいますよ。ちょっと目を離した隙に、山本《やまもと》さんに取り入ってメシは

食わせてもらうわ、風呂は勝手に入るわ……まだ学生さんなんでしょ？　ほんとに社会常識がないっていうかなんというか……」

「本当にご迷惑をおかけしまして……」

いつまで続くかわからない彼の小言を恐る恐る遮ると——因《ちな》みに山本さんというのは、食堂のおばさんの名だ。昔から浩二は年輩の女性にはやたらと取り入るのが上手《うま》かった——僕は、

「すぐに追い出しますので」

と頭を下げ、廊下を駆け出したのだった。

「ほんと、お願いしますよ。ああ、それから、たまってる郵便物、ちゃんと持って帰ってくださいよ。第一住所変更するならするで……」

背中で延々と続く主務の説教を聞きながら、僕は階段を上って随分久し振りの——それも主務の怒りの原因の一つなのだけれど——自室の前に立った。一応ノックしてみると、

「はい」

これもまた久々の聞き慣れた声が中から聞こえてくる。一体あいつは何を考えてこんなところへ来たんだと思いつつ、僕は部屋の戸を開くと、

「なにやってんだよ」

そう言い、僕のベッドに寝転がる浩二を——六つ違いの弟を睨みつけたのだった。

弟の浩二は今年二十歳になったばかりで、今は僕の出た大学に——といっても彼の学部は医学部で、文系の僕とは頭の出来が相当違うのだが——通っている。

六つも年が離れているために、幼い頃はよく面倒を見てやったものだが、その恩も忘れここ数年来というもの、生意気な口を叩くようになってきた。頭の出来だけでなく、身長も体重も僕に優《まさ》り始めた高校の頃から、彼にとって僕は尊敬の対象ではなくなったらしい。

それでいて、何かあるとすぐ頼ってくるあたり、可愛《かわい》いといえないこともないのだが、最近では『可愛い』ではすまないようなトラブルを持ち込んでくることも多い、不肖の弟なのだった。

今も浩二は、突然現れた僕を見て一瞬驚いたような顔をしたが、すぐにふてぶてしいほどの態度で、

「なに？　会社は？」

と寝転んだまま僕を見上げてきた。最近染めるのには飽きたらしいが、無造作に見せているものの実は気を遣《つか》いまくっているという、長めの前髪をかきあげる仕草はいかにも生意気で、僕は心底むっとしつつ、つかつかとベッドに歩み寄ると、自慢の頭を叩いてやった。

「『会社は』じゃないだろ。一体何やってんだよ？」

「痛いなあ」

浩二はオーバーなリアクションを取ったあと、

「兄貴こそ、何やってんの？」

よいしょ、と声を上げてベッドの上に身体を起こし、胡坐《あぐら》をかいた。

「主務さんから、お前を何とかしてくれって電話があったんだよ。だいたいお前、一体
……」

「そうじゃなくてさ」

説教モードに入ろうとした僕の言葉を浩二は簡単に遮ると、

「最近、全然寮に帰ってないらしいじゃん。一体どこに泊まってんの？」

そんな痛いところをついてくる。

「……関係ないだろ？」

慌てて話を逸らそうとするのに、浩二は尚も続けて、

「夏服が壁にかかってるとこみると、まさか夏からずっと帰ってないとか？　ウチにもちっとも顔出さないし、なーんかアヤシイんじゃない？」

と、にやにや笑いながら僕の顔を覗き込んできた。

「それとこれとは話が別だろ？」

「別じゃないよ。ほんと、昨夜はどうなることかと思ったよ。あのおっさんは夜中だっていうのに『帰れ』とか言うしさ、おまけに今朝はメシも食わせてくれないんだぜ？」

途端に口を尖《とが》らせ、憮然とした声を出した浩二を僕は思わず、

「いいかげんにしろっ」

と怒鳴りつけた。

「怒るなよ。久々に会ったんじゃん」

本当に——兄の権威はどこへ行った、というくらいに、浩二は僕の怒声になど少しも動じず、逆に甘えた声を出してくる。

「正月だって、ちょろっと帰ってきただけだしさ。それもわざわざ俺の留守中狙《ねら》って来なくたって……」

「別に狙ったわけじゃないよ」

いつもの浩二の手だということはわかりすぎるほどにわかっているにもかかわらず、僕はその拗《す》ねたような物言いについついフォローを入れてしまった。

「ならいいんだけどさ」

ほっとしたこの顔が演技なら、これほど女心を捉《とら》えるのに効果的な表情はないだろう。兄弟でいながらにして、浩二は僕とはまるで顔立ちが似ておらず、この辺りではちょっと見ないくらいの整った容貌《ようぼう》をしていた。

幼い頃は『可愛い』とちやほやされ、長じてからは『かっこいい』ともてはやされすぎたのがよくなかったのか、自分の恵まれた容姿をフルに活《い》かす術を身につけてしまった彼は、兄である僕との喧嘩のときにでもその『術』をつかってみせるのだ。

「……どうでもいいから、早く出ていきなさい」

弟が生まれてこのかた二十年間、その顔を見慣れてきた僕にそんな手が通じるわけがないだろうということがわからないあたり、まだまだ若いといおうか馬鹿《ばか》だといおうか、再び媚《こ》びるように僕を見上げて笑った弟の頭を軽く叩くと、「行くぞ」と彼を促した。

浩二は意外に大人しく僕の言葉に従い、僕たちは二人一緒に部屋を出て、主務室へと向かった。

「本当にご迷惑をおかけしまして」

恐縮して三上主務に詫びる僕の横で、浩二も深々と頭を下げている。

「朝食代、払いますので」

「いや、長瀬さんの分が給料天引きになってるから、別にいいんだけどね」

三上主務は言いながら僕の顔を覗き込むようにして、

「どうするんです？　寮、出るんですか？」

と、どこか心配そうな顔で突然そんなことを尋ねてきた。

「え？」

こう真剣に聞かれてしまうと、どう答えていいかわからない。傍らの弟の視線を感じつつ、僕は慌てて、

「ほんと、ご心配をおかけし申し訳ありません」

取りあえずただ謝ると、また来ます、と言い、そそくさと主務室を出ようとした。

「まあね、若いうちは色々あるとは思いますけどね」

三上主務も野島課長と同じようなことを言うと、

「ああ、これ、郵便物。前は田中《たなか》さんに渡してたんだけどねえ」

と、束になった僕宛《あて》の郵便を手渡してくれた。

「すみません……」

次回からは小澤にお願いします、などと頼めるわけもなく、やはり一週間に一度くらいは寮に帰ったほうがいいか、と密《ひそ》かに溜め息をつきつつ、僕は弟を伴い寮をあとにしたのだった。

「ほんとに兄貴、今、どこ泊まってるの?」

駅までの道をだらだらと歩きながら、浩二が思い出したように問いかけてきた。

「それよりお前、何で寮になんか来たんだよ?」

話を逸らそうとして問いかえすと、

「また話、逸らそうと思って」

浩二は簡単に僕の意図を見抜いて笑ったが、すぐに真面目《まじめ》な顔になると、肩を竦《すく》めてみせた。

「ちょっと親父とやりあっちゃってさ」

「やりあった？」

「そ。進路のことで」

コートのポケットに寒そうに両手を突っ込み、長身を折り曲げるように俯《うつむ》いて、ゆっくりと歩きながら、漸く浩二は重い口を開き始めた。

「進路って……」

医学部に在籍している彼の進路が、医者以外に何かあるとでもいうのだろうか。僕の家は開業医ではないので——親は転勤の多いサラリーマンだ——家を継ぐ継がないという話でもないだろうし、この性格では、たとえテレビドラマに影響されようがまさか無医村に行きたいなどという殊勝なことは言い出さないだろう。まだ医師免許も取る前から、一体何を揉《も》めているんだ、と首を傾げた僕に、浩二は思いもかけないことを言ってきた。

「大学、辞めようかと思って」

「え？」

予想もしていなかった彼の発言に、僕は驚いたあまり大きな声を上げてしまった。その声につられたように、浩二は顔を上げて僕を真っ直ぐに見据えると、力強い口調で、更に僕を驚かせる発言をしてきたのだった。

「大学辞めて、俳優になろうかと思ってるんだ」

「はいゆう？？」

思わず足を止めてしまった僕にあわせて、浩二も足を止めた。往来の真ん中で立ち止まった僕たちに、道行く人が不審さを隠さない眼差しを向けてくる。

「と、とりあえず、どこか入るか」

一刻も早く会社に戻りたくはあったが、浩二の言葉の意外さと、いつにないその真剣な態度に、思わず僕は自分から彼を誘ってしまっていた。浩二は、うん、と頷くと、真摯《しんし》な表情を解かぬまま、無言で僕のあとについてきた。

「……俳優って……」

駅前のいかにも昔の『喫茶店』という感じの店に腰を落ち着けると、僕は彼に話の続きを求めた。

「……冬休みにバイトでモデルっつーか……『街で見かけたなんちゃら』みたいな馬鹿馬鹿しいヤラセ記事に出たんだけどさ」

浩二は運ばれてきたコーヒーカップの柄を弄《もてあそ》びながら、ぼそぼそとした声で話し始めた。

「その記事見たって言って、映画に出ないかっていうオファーが来たんだ」

「映画??」

驚きの連続とはまさにこのことだ。今の今まで、弟が演劇や芸能界――なんだろう、やっぱり――に興味があるなんて話は聞いたことがなかった。中学の頃、友人とバンドを組んでいた時期があったが、面倒だからとすぐに止《や》めてしまっていた記憶がある。その彼が、今度は映画――？

絶句した僕に、浩二はまたも真剣な瞳を向けると、熱い口調で話を続けた。

「驚くのは無理ないと思うんだけどさ、こんなチャンス、滅多《めった》にないし、是非《ぜひ》やってみたいと思ってる」

「『こんなチャンス』って、お前、俳優になりたいなんて思っていたのか？」

頭に浮んだ疑問をぶつけると、浩二はいや、と首を横に振り、

「今まで考えたことはなかったんだけど、実際監督に会って、色々話を聞いているうちにやりたくなったんだよ」

と、僕でも知っているような有名な映画監督の名を挙げた。

「……そうか……」

僕はもう驚きすぎてしまって、既になんのリアクションも返せない状態だった。

弟と顔を合わせなかったこの数ヶ月の間に、将来を左右するような大きな選択を迫られる事象が彼の身に起こっていたなんて――知らぬ間に大きく溜め息をついた僕に浩二は、

「びっくりした？」

と頬を引き攣《つ》らせ小さく笑ってみせた。僕の反応を窺がっているらしいその表情を前に僕は、言葉を濁し俯いてしまった。

「いや……びっくりはしたけど、なんていうか……」

「……そりゃ驚くよね」

苦笑するように笑った浩二に、何か言ってやらなければと思うのだが、うまい言葉が出てこない。痛いほどの沈黙が暫し二人の間に流れた。

「あ、兄貴、時間いいの？」

沈黙に耐えられなくなったのは弟の方だった。言われて見た腕時計は既に十一時を廻《まわ》っていた。一時のアポがあるから、そろそろ会社には戻らなければならないのだが、こうして話を聞いただけで浩二を帰すのもなんだか気が引け、僕は必死で頭を絞って彼に言うべき言葉を探した。

「そろそろ行こうか」

そんな僕を残し、浩二は立ち上がって店を出ようとしている。

「ああ」

伝票を摑んで彼のあとを追った僕は、彼の話のインパクトの大きさですっかり忘れていた、浩二が僕を訪ねて来た理由を、今更のように思い出した。

「大学辞めるって、本気なのか？」

それで親と口論になり、家を飛び出してきたはいいが、泊まるあてもないので僕に泣きついてきたというところなのだろう。浩二は、ああ、とまた眉を顰めると、

「医者になる気はすっかりなくなったしね」

とあまりにも勿体《もったい》ないことを言ってきた。

「そんなに焦って進路を決めなくても……大学続けながらじゃできないのか？」

「親父《おやじ》みたいなこと言うなよ」

憮然とした口調で浩二は言い捨て、僕を睨んだ。

「親父もおふくろも、『折角入ったのに勿体ない』とか、『お前は飽き性だから、あとで絶対後悔するに決まってる』とか言いたい放題でさ。俺がどんなに真剣に俳優になりたいって説明しても少しもわかっちゃくれないんだよ」

「普通『勿体ない』とは思うよ」

「それでもさ」

浩二は尚も熱っぽく、まるで説得しようとでもするかのように、僕の目を見つめ切々と訴えてきた。

「今が俺にとってチャンスなんだ。色々勉強もしたいし、ちんたら大学に行ってる時間が惜しいんだよ。休学も考えないでもなかったけど、俺はこの先どう転んでも医者になろうとは思ってないし、なんだかよくわからない『勿体ない』ってだけの理由で、貴重な時間を無駄

に過ごすのはどうかと思うし……」

「まあお前の気持ちはわかるけれど……」

またも往来に立ち止まってしまっていた僕たちの傍らを、近所に住む主婦たちの群れが、何ごとかといいたげな視線を向けつつ通り過ぎてゆく。

「わかるって……嘘ばっかり」

浩二は適当に話を切り上げようとした僕の言葉の『嘘』をいち早く見抜いた。

「嘘じゃないよ」

「もういいよ」

浩二は僕からふいと目を逸らすと、そのまま踵《きびす》を返し、駅に向かって駆け出してしまった。

「おい」

僕も慌ててそのあとを追おうとしたが、後ろを振り返りもせず走ってゆく彼に対しては、

「皆、心配するから家に帰れよ」

という言葉しか出てこなかった。彼を引きとめたところで、今の僕はかけてやるべき言葉を持ち得なかったからだ。

浩二に僕の声が届いたかどうかはわからない。そのまま駅の中に消えてゆく彼の後ろ姿を見やりながら、僕は今聞いたばかりの『驚いた』という感想しか抱《いだ》けないような話を思い返し、大きく溜め息をつくと、自分も社に戻るか、と駅へと向かって歩き始めた。

その日、午前中の予期せぬ外出のおかげで僕はかなり遅い時間まで残業を強いられることになってしまった。時計を見ると既に二十三時を廻っている。どうせ今日中にはでき上がりそうもないので、そろそろ帰るか、ときりのいいところで仕事をやめ、数人残っていた課員に「お先に」と頭を下げてフロアをあとにした。

桐生は帰っているだろうか――今朝彼と顔を合わせなかったことが、僕を酷《ひど》く不安な気持ちにさせていた。

帰ったらまず謝ろう。『肩身が狭い』というのは口が滑っただけで、自分がどれほど彼との生活を大切に思っているか、堪能しているかをわかってもらおう。それだけに、一銭も受け取ってもらえない今の状態が心苦しいと思うのだ、と。

しかしこれだとまるで、幸せの度合いをカネで計っているようにも聞こえかねないか、とふと気づき、僕は頭を抱えてしまった。そうじゃないのだ。彼との生活が楽しければ楽しいだけ、何もかもを『してもらう』『負担してもらう』という状態が、心苦しくなるだけなのだ。それはカネを払えば解決するというものではないかもしれない。僕が何かできることはないかまずは考えるべきなのかもしれない。だが、僕が桐生に対してできることはなにか、と改めて考えると途方に暮れずにはいられないのもまた事実なのだった。

桐生は自分の欲するものはすべて自力で手に入れることができる男だ。そんな彼に僕ができることといったらどんなことがあるのだろう。

たとえば彼の世話を焼くこととか——？

家事全般、殆どやったことのない僕よりも、桐生はマメに掃除や洗濯をこなした。料理は流石に作るのが面倒だと、殆どが外食か、買って済ませてしまうのだが、それでもたまに休みの日など、簡単なものを作ったりしてくれるのも彼の方だ。

せめて快適な生活空間を作ることを僕の役割だと考え、努力してみればいいのか——言うは易し、だな、と溜め息をつきながら、最初から諦めてちゃだめか、と反省しつつ会社の通用口を出た僕は、いきなり目の前に現れた人影にぎょっとして立ち止まった。

「遅いよ」

コートのポケットに両手を突っ込み、頬を寒さで赤く染めながら僕を睨んできたのは、昼間僕を振り返りもせず駆け去ったはずの浩二だった。

3

「『遅い』じゃないだろ？　何やってるんだよ」

呆れて大声を出した僕に、浩二は平然と、

「何って、待ってたんじゃないか」

そう言い、大きな図体を摺り寄せてきた。

「皆心配してるだろうから、家に帰れって言っただろ？」

彼の着ているコートはすっかり冷たくなっている。会社のエントランスが閉まるのが七時、まさかそれからずっと外で待っていたわけじゃないだろうな、と心配になって尋ねようとすると、浩二はすかさず、

「やり合ったって言っただろ？」

と僕の口真似をしてきたものだから、同情する気も消え失せ、そのまま彼を無視して駅へと向かって歩き始めた。

「待ってよ、ねえ」

慌てたような声を上げ、浩二が後ろから僕の腕を摑む。

「帰れよ」

「帰らない」

「帰りなさい」

強く腕を引かれ、仕方なく足を止めた僕が振り返って睨みつけると、浩二は僕の前で両手を合わせ、上目遣いで懇願してきた。

「あと一晩だけ……頼むよ」

「……あのなあ」

我を通すことにかけては天下一品の弟だが、今度ばかりはその『我』を通させるわけにはいかなかった。

『あと一晩』とはいえ、まさかまた寮に世話になるわけにもいかないし——温和な三上主務をあれほどまでに怒らせた浩二を、再び寮へ連れ帰る勇気はさすがになかった——かといって桐生のマンションに連れて行くなどもっての他だ。

「もう、何時間も待ってたんだぜ？」

「待ってたのはお前の勝手だろう？」

梃子《てこ》でも動く気配のない弟を前に、僕は大きく溜め息をつきながら、どうしたものかと頭を絞った。

「……頼むよ」

演技としか思えない弱々しい声で浩二はそう言い、僕の前でまた殊勝ぶって頭を下げる。

「……金、貸すからホテルにでも泊まれよ」

これしかないか、となんとか打開策を思いつき浩二に告げると、彼は、うーん、と一瞬考えるような素振りをしたが、やがて、

「じゃ、宜《よろ》しくお願いします」

とまた僕の前で頭を下げた。

「家に電話は入れておけよ？　それから、宿泊先、決まったら僕にも電話するように」

コートのボタンを外し、スーツの内ポケットから財布を取り出して一万円を二枚差し出すと、浩二は、再び僕を拝むポーズでそれを受け取り、ポケットに札を捻《ね》じ込んだ。

「それじゃあ」

そのまま踵を返そうとすると、

「待ってよ」

という声とともに、浩二がまた僕の腕を引っ張った。

「なんだよ」

「これから何処に帰るの？」

今までの殊勝な態度は何処へやら、浩二はにやにや笑いながら僕の顔を覗き込んできた。

「寮だよ、寮」

「嘘ばっかり」

腕を掴んだまま僕を引っ張るようにして浩二が駅に向かって歩きはじめる。

「嘘じゃないよ」

離せ、と手を振り解こうとすると、浩二は逆に腕を組むように絡ませてきながら、信じられないことを言ってきた。

「兄貴の住んでるとこ、見せてよ」

「馬鹿か」

一体何を言ってるんだ、と呆れた僕に、

「今日待ってたのもさ、勿論家に帰りたくなかったからだけど、半分は兄貴の住んでるところが気になったからでもあるんだよね」

と尚も僕の顔を覗き込む。

「関係ないだろ」

「『関係ない』はないでしょう。二人っきりの兄弟なんだから」

ふざけているとしか思えない口調で笑う浩二を睨みつけると、浩二は急に真剣な顔になり、

「ホントに二人っきりの兄弟だろ？　これでも心配してるんだぜ？」

僕の視線を真っ直ぐに受け止めながら、そんなクサい台詞《せりふ》を言ってきた。

「……お前に心配してもらうようじゃ、終わりだよ」

「ひどいなあ」

僕の言葉に、あはは、と浩二は少しも堪《こた》えぬ調子で笑うと、

「まあ、いいじゃん。どんなところに住んでるか、ちょろっと見たあと、ちゃんとホテルに行くからさあ」

と再び僕の手を取ったまま強引に足を進めようとした。

「離せって」

引き摺られるようにして歩かされ、このまま彼を大人しくホテルへやるのは無理だと観念せざるを得なくなった。ちらと腕時計を見ると十一時半、家に戻って十二時か——普段なら桐生は戻っていない時間だ。マンションを見せるだけ見せて、すぐに追い出せばいいか、と仕方なく僕は腹を括《くく》ると、

「わかったから離せって」

いやいやそう頷き、浩二の手を振り解いた。

「『わかった』ってことはOK？」

「……本当にすぐに帰れよ？」

にやりと笑って僕の手を離した浩二の頭を僕は軽く叩くと、そのままタクシー乗り場へと足を進めた。桐生が帰宅するまでにすべてを終わらせようと、少しでも移動時間を短縮したかったからだ。

「なに？　タクシー？」

不審そうな顔をしながら浩二が僕に続いてタクシーに乗り込んでくる。

「築地」

運転手に行き先を告げた僕に、浩二は更に不審げに眉を顰めたが、思うところがあるのか、それからは口を閉ざして何も語らなかった。

それにしても一体なんだってこんなことになってしまったのか——浩二に背を向け、車窓から対向車のライトが流れてゆくのをぼんやりと眺め、僕は密かに溜め息をついた。

桐生のいない朝の目覚め、野島課長の呼び出し、寮の三上主務からの叱責《しっせき》、その上、家族には——いや、誰に対してもだが——隠しておきたかった桐生との共同生活の場に、弟を連れていくことになろうとは——。

これが厄日でなくてなんなのだ、と再び溜め息をついた僕と弟を乗せたタクシーは、平日にしては空いている晴海通りを疾走し、十分ほどで僕たちは築地のマンションに到着した。

「……なにこれ」

エントランスに入ったときから、浩二は言葉を失ってしまったようで、ぼそりとそう呟《つぶや》くと瀟洒《しょうしゃ》な建物の内部を子供のような顔でぐるりと見回した。エレベーターに乗り込み、三十八階を押したときにも、

「三十八階？」

と驚き、フロアに到着して部屋の鍵《かぎ》を開け、中に入ったときには既に興奮してしまっていたのか、

「なにこれ？」

と大きな声を上げ、臨海の夜景を見下ろすリビングの窓辺へと走り寄った。

そういえば僕も、初めてこのマンションを訪れたときは、あまりの立派さ、あまりの広さに言葉を失ったんだった、と懐かしさに浸りそうになったが、不意に振り返った浩二が、

「なんで？　なんでこんなところに兄貴住めるの？」

と、ある意味当然の問いかけをしてきたことに一気に現実に引き戻された。

「なんでって……ここは友達の部屋で……」

まあ、嘘ではない。勿論桐生に対して『友人』である以上の想いを抱いてはいるが、それを浩二に説明してやる必要はなかった。

「友達って……こんないい所に住める友達なんて、兄貴にいたっけ？」

疑り深い表情を浮かべ、浩二が僕の方へと歩み寄ってくる。

「ああ。もと同僚なんだよ」

「……ほんとはコレなんじゃないの？」

あまりにもベタに小指を立ててみせた浩二を「馬鹿」と軽く流すと僕は、先ほどの約束を思い出させてやった。

「もう気がすんだろ？　早く帰れよ」

「まだ来たばっかりじゃん」

口を尖らせる浩二に、彼がさっき言った言葉を繰り返してやる。

「ちょろっと見たら帰るんだろ？」

「……せめてコーヒーくらいは飲ませてよ。そしたら帰る」

意外にも大人しく彼は約束を履行してくれるようだった。仕方がない、と僕は「勝手にうろつくなよ」と釘《くぎ》をさすと、コーヒーを淹《い》れにキッチンへと向かった。

コーヒーメーカーを前に、ぽたぽたとカップに落ちる琥珀《こはく》色の水滴を見つめながら、僕は浩二を帰したあとのことをぼんやり考えはじめた。

桐生は今日も遅いのだろうか。今夜は彼が帰ってくるのを、リビングで起きて待っていよう。桐生の機嫌は少しは直っているだろうか。僕の謝罪に耳を傾けてくれるだろうか――コーヒーメーカーが終わりを告げるような音を立てはじめたことに、僕は我に返った。水の量が多かったのか、なみなみとコーヒーが注がれてしまったカップをそっと持ち上げると、まずは弟を帰すことが先決だ、と僕はそれを手にリビングへと戻った。

「？」

その場にいるはずの弟の姿が見えない。まさか――僕たちの寝室のドアが僅かに開いているのに気づき、僕は慌ててコーヒーを手にその方へと向かった。

「おいっ」

ノックもせずに大きく戸を開くと、予想通り浩二は部屋の中にいて、興味深そうにベッドしか家具のない室内を見回していた。

「うろうろするなって言ったろ？」

ほら、と腕をとって部屋から出そうとしたとき、勢い余って持っていたコーヒーを自分へと零してしまった。

「熱っ」

「大丈夫？」

かなりの量をシャツに飛ばしてしまい、熱湯の熱さに大きな声を上げた僕の手から、慌てて浩二はカップを取り上げると、心配そうに顔を覗き込んできた。

「火傷《やけど》してない？　大丈夫？」

「大丈夫」

熱かったのは一瞬で、中にTシャツも着ているし、火傷するほどのこともなく済んだらしい。しかしシャツは染みになるな、と僕は急いでネクタイを外し、シャツのボタンに手をかけながら、

「ほんとにもう、うろうろするなよ？」

と言い捨て、そのままバスルームへと向かった。

手早くボタンを外してシャツを脱ぎ、どうせならこのまま洗濯してしまおうかと洗濯機の中に投げ入れる。Tシャツにもコーヒーが飛んでいたので脱いで一緒に投げ入れ、ランドリーボックスに少し入っていた洗濯物も入れてスイッチを入れようとしたとき、

「大丈夫？」

浩二がひょい、と扉から心配そうに覗き込んできた。

「ああ。大丈夫」

言いながら振り返った僕は、浩二が驚いたような顔で僕の身体を見つめているのに気づいた。その視線を追い僕は自分の胸を見下ろし——目に入った光景に、しまった、と息を呑む。

昨夜、口論の前にしていた『行為』の名残そのままに、無数のキスマークが散る自分の胸からとても顔が上げられない。桐生は僕の身体にこの吸い痕《あと》を残すことをなぜか酷く好むのだ。

『所有の印だ』

などと冗談なんだか本気なんだかわからないことを言いながら、これでもかというくらいに彼は僕の身体に紅《あか》い痕を残してゆく。

見えるところだけは勘弁してくれ、という僕の懇願を受け入れてくれるようになったのは最近のことで、まるでわざとのように首筋につけられたこの痕を見つけられないよう、常にシャツのボタンを緩めることができないでいた状態をようやく脱した最近では、彼のつけた

キスマークが身体に残っていることすら忘れがちだったのだが、改めて見下ろすと、本当に数えられないほどの紅い痕が胸に、腹に散っていて、いたたまれないほどの羞恥《しゅうち》に身を染めながら僕は、一体どうしたものかとじっとその場に立ち竦んでいた。

「大丈夫ならいいんだけど」

さすがの浩二もぎょっとしたのか、ぼそぼそとそんなことを言うと、またひょい、と顔を引っ込め、リビングへと戻ったようだった。彼のいなくなった気配に、やれやれ、と僕は溜め息をつき、改めて洗面台の鏡に自分の身体を映してみた。

誰がどう見てもキスマークだよなあ——当たり前のことにまた大きく溜め息をつくと、いつまでも裸でこんなところにこもっているわけにもいかないか、と腹を括って部屋にシャツを取りに行くことにした。

また浩二にからかいのネタを提供してしまった。どんどん年上の権威がなくなっていくような気がする、と思いながら、コーヒーを啜《すす》る彼を横目にリビングを突っ切ろうとしたとき、

「あのさ」

いきなり浩二が顔を上げ、大きな声で僕を呼び止めた。

「なに？」

ともかく何か着よう、と僕は寝室に足を踏み入れ、壁に備え付けになっているクローゼットを開けて適当なシャツを取り出した。それを羽織ろうとしたとき人の気配を感じ、驚いて

振り返ると、すぐ後ろに浩二が立っていた。

「なに？」

人間、後ろめたいことがあると妙にびくびくしてしまうもので、弟相手だというのに問いかける僕の声は変に震えてしまっていた。いけない、また舐《な》められる、と思ったが既に遅く、浩二は興味津々《しんしん》、といった表情のまま、更に一歩、僕の方へと歩み寄ってきた。

「兄貴、一体どんな女と付き合ってるの？」

「え？」

一歩下がったところで、キングサイズのベッドが足にあたり、退路を断たれた。

「こんな超豪華なマンションに住めるってことは、金持ちなんだよな。何やってんの？」

浩二はそう言いながら、未だ開いたままになっていた僕のシャツの前へと意味深な視線を向けてくる。

「どうでもいいだろ」

女か――まあ、普通男とは思わないよな、と、変なところでほっとしながらも、その視線を避けたくてシャツの前を閉じようとした僕の手を、やにわに浩二は摑んだ。

「どうでもよくないよ。すごい情熱的じゃない？　こんなにキスマークつけるなんてさ」

「よせよ」

ふざけてシャツの前をはだけさせようとする彼ともみ合っているうちに、僕はバランスを失いベッドに倒れ込んでしまった。

「もしかして下もすごいことになってる？」

僕の上に馬乗りになった浩二が、悪乗りしてベルトに手をかけてくる。

「やめろって」

確かに『すごいことになってる』ことがわかっているだけに、僕は必死で彼にそれを——それこそ太腿《ふともも》の内側、脚の付け根だけでなく、至るところに散っているであろう桐生がつけたキスマークを見られまいと、彼の身体を押し上げた。僕の抵抗を益々面白がり、浩二は無理やり僕のベルトを外すとスラックスのファスナーを下ろそうとしてくる。

「やめろって言ってるだろ」

そのままスラックスを剝《は》ぎ取られそうになった僕が叫んだそのとき、

「何をしているっ」

いきなり怒声が室内に響いたかと思うと、目の前から浩二が消えた。驚いて身体を起こした僕の目に飛び込んできたのは、浩二の胸倉を摑み、まさに殴ろうとしている桐生の姿だった。

「桐生！」

叫んだその瞬間、桐生は浩二を殴りつけ、浩二の身体はすごい勢いでドアの方へと吹っ飛んだ。

「……っ」

ダン、と大きな音を立てて壁にぶちあたった浩二は、衝撃と痛みで声も出ないのか、うう、と低い声で唸《うな》ったままその場に蹲《うずくま》ってしまった。大丈夫か、とスラックスを引き上げる間も惜しんでその方に駆け寄ろうとした僕は、

「大丈夫か？」

と自分が言おうとしたのと同じ言葉を歩み寄ってきた桐生にかけられ、

「え……？」

と呆《ほう》けた声を上げ彼の顔を見上げてしまった。

「どういうことだ？」

先ほど浩二を殴りつけたときの怒気に溢れた厳しい表情のまま、桐生が僕の肩を痛いほどの力で摑んでくる。

「……どういうって……」

眼差しのきつさの前に、なかなか言葉が出てこない。だいたい桐生はいつの間に帰ってきたというのだろう。彼を出迎え、まず謝ろうと思っていたのに、それどころじゃなく、とんでもないことになっているこの状況を一体どう説明したらいいんだ、と、落ち着かない頭を必死で巡らせていると、桐生の背後、ドアのところに蹲っていた浩二が、ようやく動けるようになったのか、のろのろと身体を起こし始めた。気配に気づいた桐生が彼を振り返る。

「貴様……」

憎々《にくにく》しげにそう呟いた桐生が僕の身体を離し、再び浩二へと歩み寄ろうとするその腕を、僕は慌てて摑んで引き止めた。

「なに？」

桐生がまた僕を振り返り、更に厳しい視線を向けてくる。

「違うんだ！」

焦ったあまり、それだけ叫んだ僕の声と、

「……兄貴……男と付き合ってたの？」

と心底驚いたような浩二の声が重なった。

「『兄貴』？」

僕を見返す桐生の顔に、珍しくも戸惑《とまど》いの色が浮かんでいる。

「うん……」

弟なんだ、と僕が言うより前に、

「はじめまして。長瀬浩二です。兄が『大変』お世話になっているようで」

殴られた頰を押さえながら立ち上がった浩二はぺこりと頭を下げると、驚いたように彼を振り返った桐生の前で、いたた、と痛みに顔を顰めながら、にっと笑ってみせたのだった。

「『弟』?」

桐生は浩二に軽く目礼を返したあと、僕の方を振り返った。

「うん」

桐生の視線が乱れた僕の着衣に注がれているのを感じ、僕は慌ててシャツのボタンをかけながら、

「いや、これは……」

ふざけていただけなんだ、と言い訳しようとしたのだったが、今度は桐生の肩越しに僕を見つめてくる弟の視線に気づいてしまい、思わず口ごもってしまった。

『兄貴、男と付き合ってたの』——僕を押し倒しているところを殴られたこの状況から、浩二がすぐに僕と桐生の仲を察したのは無理ないことだと思う。何よりこのキングサイズのベッドを見られた時点で、この部屋の居住者と僕の間にそういう『関係』あることは言い逃れができないような気がするが、それでも、やはり人に——何より身内に、『男と付き合っている』という事実は胸を張って言えるものでもなく、桐生と浩二、二人の視線を前に一体ど

うしたらいいんだ、と僕は言葉を失い立ち尽くしてしまった。

不自然な沈黙が僕たちの上に重苦しくのしかかる。その沈黙を破ったのはなんと浩二だった。

「ま、立ち話もなんだから、部屋、移動しない？」

人様の家に来ての、この態度のでかさに、僕は今の状況も忘れ、啞然《あぜん》として彼を見やってしまった。桐生も呆れた視線を浩二へと向けたが、やがて軽く肩を竦めると、

「確かに初対面の挨拶には相応《ふさわ》しくない場所だな」

と微笑《ほほえ》み「どうぞ」と顎《あご》をしゃくるようにして、リビングへのドアを示してみせた。

「お邪魔します」

もうしているだろ、というツッコミを入れるような雰囲気《ふんいき》ではないことはわかりきってはいたが、人を食ったような浩二の態度に僕は、思わず非難めいた視線を向けた。

「おい」

「兄貴、またコーヒー淹れてよ」

僕の視線に怯《ひる》むどころか益々増長したことを言ってくる浩二に、さらに怒声を上げようとしたが、次の瞬間響いてきた桐生の不機嫌きわまりない声に、その元気を失ってしまった。

「行くぞ」

「……うん」

さきほど浩二に微笑みかけたときの彼の顔は、いかにも『営業スマイル』といった感じで、少しもその目が笑っていないことに実は僕は気づいていた。いきなりの僕の『弟』の出現に桐生にしては珍しく度肝を抜かれたらしいが、もともと彼の機嫌は昨日の晩以降、相当悪かったはずなのだ。

僕の頭に、浩二を殴りつけたときの桐生の鬼気迫る怒りの表情が蘇る。これから桐生と浩二の『初対面の挨拶』はどう展開していくのか、僕たちの関係を知った浩二がどういう態度に出てくるのか。

そして桐生は——。

昨夜の口論だけでなく、いきなり弟を部屋に連れ込んだ——と言っても決して自ら進んで連れて来たわけではないのだが——僕に対する怒りを解いてくれるのだろうか。

これ以上にないほどに問題が山積しているこの状況に大きく溜め息をついた僕に、再び桐生の不機嫌な声が飛んでくる。

「行くぞ」

「……はい」

もうどうとでもなれ——と開き直ればどんなにラクか、と思いながら、僕はのろのろと彼のあとに続いて寝室を出、既に弟が部屋の中央に置かれたソファに座り込んでいるリビングへと戻っていったのだった。

「どうも」

僕たちの姿を認めると、図々しくも先にソファに座っていた浩二は片手を上げて微笑みかけてきた。目上を目上とも思っていないその態度に、前を歩く桐生の背から怒りのオーラが発しているような気がする。

とてもこの場には居たたまれないと、僕はさきほど弟に言われたこともあり、そのままリビングを突っ切ってコーヒーを淹れにキッチンへと向かおうとした。が、そんな僕の手を桐生は捕らえると、いいから座れ、といわんばかりに目でソファを示した。

仕方がない、と僕は諦《あきら》め、興味深そうに僕たちを見上げる浩二の目の前のソファに座った。

続いて桐生が僕の隣に座る。再び沈黙が三人の上に流れたが、互いに互いを紹介するのは僕しかないことにようやく気づき、僕はぼそぼそと名前を告げるだけの紹介の労をとった。

「弟の浩二。浩二、これが友人の桐生」

「どうも」

桐生の無表情な声と、

「桐生さん？」

浩二の茶化したような声が重なる。

「この凄《すご》いマンションは桐生さんの？」

物怖《ものお》じしないというのは浩二にこそ相応しい言葉だろう。怒りを露《あら》わにしているときより遥《はる》かに怖い桐生の、何を考えているかわからない眼差しの前で、少しも臆《おく》することなく彼は質問を始めた。

「所有はしていない。賃貸だ」

「それにしても家賃って高いんでしょ？　どこに勤めてるの？」

そういや、もと同僚って言ってたよね、と僕に視線を向けた浩二に、桐生はまた感情を表さない声で勤め先の名を告げた。

「知らないなあ」

「外資だよ」

ついついフォローを入れてしまうのは、天真爛漫《てんしんらんまん》を装った浩二の『演技』に耐えられなくなったからだ。このまま彼は無邪気を装い僕たちの関係をついてくるに違いない、とそれを制しようとした僕の先を読んで、浩二はいきなり本題に入った。

「で？　兄貴とはどういう関係なの？」

「おい」

慌てた僕を更に慌てさせたのは、傍らから聞こえてきた桐生の無表情な声だった。

「見ればわかるだろう」

「桐生」

思わず非難の声を上げてしまった僕を、じろりと桐生は感情のない目で一瞥すると、

「わからないから聞いてるんじゃん」

と、笑っている浩二へと視線を戻した。

「洞察力が足りないな」

「生憎《あいにく》理系なもので」

「一体何を言わせたいのかな？」

言葉だけ聞いていれば『歓談』しているとしか取れない二人の間には目に見えない火花が散っているようである。はらはら、といおうか、おろおろ、といおうか、口を挟むこともできず、二人を見守るしかなかった僕だが、浩二がずばりと、

「兄貴を抱いてるの？」

と桐生に問いかけたときには思わず彼を怒鳴りつけてしまった。

「浩二！」

「男二人で暮らしてる部屋に、あのキングサイズのベッドってことは、あそこでヤってるってこと？　兄貴の身体にあんなにキスマーク残したのってあんた？」

浩二の様子がおかしい――人を茶化したような口調はすっかりなりをひそめ、怒っている

としか思えないほどに頬を紅潮させているその変化に、僕は彼を制するのも忘れ、まじまじと顔を見つめてしまった。

「許せない、か？」

今度は桐生の顔に、はじめて感情らしい感情が表れた。逆に浩二の怒りを茶化すように、くすりと笑った彼に、浩二の怒声が飛んだ。

「当たり前だろ？」

「おい？」

『許せない』ってどういうことだ、と啞然として僕は浩二に声をかける。

「大切な『兄貴』に何をするってことかな」

「なんだと？」

益々余裕をかましたような表情になった桐生に向かって、怒声を張り上げた浩二は勢いよく立ち上がると腕を伸ばしてきた。

「やめろって」

慌てて僕も立ち上がり、伸びてきたその腕を摑む。

「離せよ」

浩二が僕の手を乱暴に振り払い、桐生の胸倉を摑んだ。

「やめなさい」

その手首を掴んだ僕の手を、今度は桐生が掴んで外させる。え、と桐生へと目を向けた僕と浩二を、桐生は順番に見返すと、くすりと笑いこう言った。

「麗しき兄弟愛だな」

「ふざけるなよ？」

胸倉を掴んだまま立ち上がらせようとした浩二にされるがままになっているように一瞬見せた桐生は、おもむろに彼の腕を掴んで捻《ひね》り上げた。

「痛っ」

浩二の顔が痛みに歪《ゆが》む。自分のシャツから手を離させると、桐生は掴んだその腕を自分の方へと引き寄せ、勢いをつけて身体ごと、座っていたソファへと叩きつけるようにして浩二を突き放した。

「おいっ」

こうなってしまうと、もうどちらを止めていいのかわからなくなってくる。

「……やる気か!?」

額にかかった前髪をかき上げ、浩二が桐生を凶悪な顔で睨み上げる。殴りかかりそうになる彼を押さえようと僕がテーブルを回って近づこうとしたそのとき、

「君とやりあう気はないし、ふざけているつもりもない」

静かではあるが凛《りん》と響く桐生の声がし、僕も浩二も思わず動きを止めて彼を見返してしま

った。

「長瀬とここで暮らしているし、彼を抱いてもいる。それに対して君に言い訳をするつもりもなければ謝罪する気も勿論ない」

乱れた着衣を簡単に整えながら、桐生はどっかりと椅子に座り直すと、静かな口調のまま言葉を続けた。

「一緒に暮らそうと誘ったのは俺だが、選んだのは長瀬だ。身体の関係についても同じだ。双方合意の上——という以上に、互いに互いを必要とし合っているから俺たちは一緒に暮らしていると、俺は理解している。それを許す許さないというのは君の意識の問題で、俺にとって——俺たちにとっては、関係のない話だ」

「桐生……」

互いに互いを必要とし合って——低いがよく通る桐生の声が僕の心に響いてくる。僕を必要としてくれているから、僕が彼を必要としているから、ともに暮らしていると、彼は考えていてくれたのか——。

僕の呼びかけに、桐生がゆっくりと顔を巡らせ僕を真っ直ぐに見つめてきた。冴《さ》え冴《ざ》えとした美しい瞳に、いつも彼が見せてくれる慈愛に満ちた光を認め、僕は何故だか不意に胸が熱くなるのを抑えることができなくなった。

熱いのは胸だけじゃない、瞳の奥が込み上げてきた涙で酷く熱くなっていた。泣くまいと思えば思うほど涙は溢れ、堪えきれなくなった僕は彼から顔を背《そむ》け、そっと指先で頬を伝う涙を拭《ぬぐ》った。

「……あーあ」

不意に浩二が大きな声を出したので、びくっとして顔を上げると、すっかり毒気を抜かれたような顔をした浩二が、引き攣った顔で笑いかけてきた。

「……なに泣いてんのよ」

「………」

泣いてないよ、と言おうとしたが、口を開くとまた涙が込み上げてきそうになったので、僕は無言で首を横に振った。

「……あーあ」

浩二はもう一度大きな声を出しつつ溜め息をつくと、のびをするように両手を高く上げ、ソファに反り返るようにして頭の後ろでその腕を組んだ。

「……そりゃ関係ないけどさあ」

そのままテーブルに足を上げ、浩二がまた「あーあ」と大きく溜め息をつく。

「……おい」

その態度はなんだ、と注意しようと思った声が掠《かす》れてしまった。浩二はそんな僕に真っ直ぐ視線を向けると、やっといつもの調子に戻り、にこ、と笑ってみせたのだった。

「……なんちゅうか……いろんな意味で驚いた」

「……ごめん」

驚かないわけがない——思わず謝ってしまった僕に浩二は、

「謝罪する気はないんでしょ」

そう言い、ぱちりと片目を瞑ってくる。

「…………」

お前なあ、と僕もようやくいつもの調子で彼を睨みつけたのだったが、浩二はそんな僕かららふいと目を逸らすと、テーブルから足を下ろして立ち上がった。

「？」

どうした、と動きを目で追う僕に浩二は、

「そろそろ帰るわ」

と笑うと、桐生に向かって無言でぺこりと頭を下げた。

「帰るってお前、ホテルに泊まるって……」

そのまま玄関の方に歩き始めた浩二のあとを慌てて追う。

「……ああ、そうだったね」

浩二は本当に忘れていたようで、そうだそうだ、と言いながらその辺に放ってあった自分のコートを取り上げ、ポケットから僕が貸した一万円札を二枚取り出した。

「じゃ、借りるわ」

「……ああ」

まるで何ごともなかったかのように浩二は笑うと、脱ぎ捨てた自分の靴をつっかけるようにして履いた。

「それじゃ」

「……泊まるとこ決まったら連絡しろよ」

こんな夜中に泊まれるホテルなんてあるんだろうか。サウナかカプセルか、探してやろうかとようやく頭が働きはじめた僕が、そう声をかけてやるより前に、

「わかった」

と浩二は小さな声で答え、そのままドアに手をかけた。

「浩二」

心持ち猫背になっているその背に、なぜか僕は声をかけてしまった。浩二の足が止まる。

「……驚かせて悪かった」

謝るつもりなどなかったのに、気づけば僕は再び謝罪の言葉を口にしてしまっていた。

「……まあ驚いたけどね」

浩二は半身だけ僕の方を振り返って苦笑すると、

「兄貴が謝るのは失礼なんじゃないの？」

そう言い、目でリビングの方を示してみせた。

「……え？」

「また連絡するわ」

問い返そうとする僕の言葉を浩二は遮ると、痛みを思い出したように桐生に殴られた頬をさすりながら、それじゃ、と今度こそ本当にドアを開いて出て行った。

「おい」

扉が閉まる瞬間まで浩二は後ろを振り返らなかった。カツカツと靴音を響かせ彼が廊下を歩いていく音が聞こえなくなるまで、僕はその場に呆然と立ち尽くしてしまったのだった。


暫く玄関に佇《たたず》んでいた僕は、扉の向こうから忍び入る冷気に身体を震わせ我に返った。なんだか今日は色々なことがありすぎて、頭の中が飽和状態になってしまっている。

『兄貴が謝るのは失礼なんじゃないの？』

浩二が笑って目で示したリビングには——桐生がいる。

『互いに互いを必要とし合っているから俺たちは一緒に暮らしている』

泣けるほどに嬉《うれ》しかったその言葉が僕の耳に蘇った。またも胸を熱くしてしまいながらも、そう言ってくれた彼に、昨夜自分が何を言ったかも同時に僕は思い出していた。言い尽くせぬほどの申し訳なさに再び胸が詰まる思いがする。

まずは彼に謝ろう、と僕は心を決め、彼が待っていてくれているはずのリビングへと引き返した。

「帰ったのか」

僕の姿を認めると、桐生の方から声をかけてきてくれた。

「……桐生」

僕は真っ直ぐに彼を見つめたまま、桐生の座るソファへと足を進めた。

「……一体なにがあった？」

立ち上がろうとした彼の前に、僕は床に膝《ひざ》をついて座り、顔を見上げた。謝ろうと口を開きかけると、桐生の両手が伸びてきて僕の上腕を摑んだ。そのまま彼は僕の身体を引き上げ、自分の片方の太腿に僕に腰を下ろさせると、顔を覗き込んできた。

「どうした？」

桐生の片手が僕の頭の後ろへとかかり、引き寄せられるままに僕は彼と額を合わせた。

「……ごめん」

近すぎて焦点の合わない桐生の端整な顔の、濡《ぬ》れたように光る瞳の光に引き込まれそうになりながら、僕はようやく謝罪の言葉を口にした。

「……なにを謝っているのかな」

僕の髪を弄《いじ》る桐生の指の優《やさ》しい動きに、また涙が込み上げてきそうになる。が、どうしても想いをちゃんと言葉で伝えたくて、僕は必死で泣き出しそうになるのを堪えながら、ぽつぽつと言葉を繋《つな》いでいった。

「……昨夜はごめん。ここで一緒に暮らしていて、『肩身が狭い』なんて感じたことはないんだ。さっき桐生が言ってくれたように、ここで暮らしているのは僕が選んだことだし、これから先もここで……」

桐生の、僕の髪を梳く手が止まった。

「ここで……君と一緒に暮らしていきたいんだ」

「……俺もだ」

ゆっくりと桐生の唇が近づいてきて、僕の唇を塞《ふさ》いだ。しっとりと包み込むようなその温かさに、僕は目を閉じ、尚も彼の唇を貪《むさぼ》ろうと彼の首へと両手を回した。

桐生はすぐにそれを察し、片手で僕の背を抱き寄せると、絡ませた舌をきつく吸い上げてくれた。合わせた唇の間から零れそうになる唾液《だえき》を追いかけ彼が唇を外そうとするのを、逆に僕の唇が追いかけ彼の口を塞ぐ。そうしてどのくらいくちづけをかわしていただろう、息苦しさを覚えた僕が息継ぎのために顔を背けたとき、

「聞きたい話は山のようにあるが」

笑いを含んだ声で桐生がそう囁いてきたかと思うと、いきなり僕の身体を横抱きにし、ソファから立ち上がった。

「わ」

「……まずはベッドへ行こう」

思わず彼の首にしがみ付いた僕の耳元に、桐生のあまりにも甘い声が響いてくる。

うん、と頷《うなず》くかわりに僕は彼にしがみ付く手に力を込め、彼の頬に自分の唇を押し当てたのだった。

「……ん……」

すぐに服を脱ぎ合い、全裸になって身体を重ねた。桐生の唇が僕の首筋から胸へと、いつものようにきつく肌を吸い上げながら下りてゆく。片胸の突起を親指の腹で弄り執拗《しつよう》なくらいに僕の肌に吸い痕を残してゆく様を薄目を開いて見下ろしていた僕の脳裏に、この痕を見て驚いた浩二の顔が浮かんだ。

「……んっ……」

きつく胸を吸われ、思わず彼の髪に両手の指を絡めてしまいながら、僕は頭に浮かんだ像を消そうと目を閉じ、頭を振った。

「……どうした」

桐生が僕の胸から顔を上げ、愛撫《あいぶ》の手は休めず掠れた声で問いかけてくる。

「……どうも……っ」

しない、と答えかけた僕は、胸の突起を抓《つね》られ思わず息を呑んだ。痛みは苦痛を呼ばず、僕の下肢へと蠱惑《こわく》的なまでの疼《うず》きを伝えてくる。無意識のうちに桐生に腰を摺り寄せてしまったことに気づいたのは、彼がくすりと笑ってまた僕の胸へと顔を戻したからだった。もう片方の胸の突起を軽く歯をたてるようにして舐《ねぶ》りながら、手を僕の腰へと回し、更にぐい、と自分の方へと引き寄せる。

「……っ」

勃《た》ちかけた雄同士が擦《こす》れ合う感触に、僕の背筋を悪寒によく似た感覚が走った。意識して浮かせた腰を桐生の手が支え、更なる刺激を求める僕の欲求を満たそうとするかのように、身体を密着させる動きを与えてくれる。

「……や……っ」

胸への愛撫と、互いの腹の間で擦り合わされる雄への刺激に、僕の口からは堪えきれない声が漏れ始めた。時折僅かに離れる腹が冷たさを覚えるのは、勃ちきった僕の雄から先走りの液が零れたのが外気に触れるからだろう。

「……あっ……」

腰に回された彼の片手が僕の尻《しり》へと下りてきて、双丘を割り指をめり込ませてきた。一瞬走った乾いた痛みは快楽の前にすぐにその姿を消し、気づけば僕は彼の指の挿入を助けようとして片脚を高く上げ、彼の腰へと回してしまっていた。

桐生の指が深く僕の内を抉《えぐ》る。びくん、と二人の身体の間で僕の雄は震え、先端から零れる液がまた僕たちの腹を濡らした。

「……あっ……やっ……」

乱暴なくらいの強さで桐生は僕の中を二本に増やした指でかき回しつづける。また胸の突起を強く嚙《か》まれ、僕は高い声を上げてしまいながら背を仰《の》け反らせると、両手で彼の頭を抱き締めた。

桐生がちらと顔を上げ、僕へと視線を向けてくる。黒目と白目のコントラストがくっきりと美しいその瞳に見つめられると、途端に欲情に乱れる自身の姿が恥ずかしくなった。

「や……っ」

彼の目を覆うために僕は再び彼の頭を自分の胸へと抱き締めようとしたのだったが、桐生の細く長い指にそこを抉られる快感にまたも大きく身体を仰け反らせてしまった。

「やっ……あっ……はぁっ……」

彼の視線から逃れることなど目を閉じてしまえば簡単にかなうことであるのに、なぜだか彼の美しい黒い瞳から目を逸らすことができない。僕を捕らえて離さぬその瞳に益々煽《あお》られるのは羞恥の念ばかりでなく、昂《たか》まる快楽に僕のそこは熱く滾《たぎ》り、その快楽を与えてくれる彼の指をきつく締め上げるように蠢いて僕を戸惑わせた。

と、桐生の目が微笑みに細められたかと思うと、おもむろに彼は身体を起こし、僕の両腿を摑んで更に高く腰を上げさせ、指を引き抜いたそこへと勃ちきった自身を捻じ込んできた。

「あっ……はぁっ……あっ……あっ……」

いきなり激しく腰を使われたことで、抱えられた脚が更に高く跳ね上がるのを他人のもののように見つめながら、僕は漏れる声を抑えることもできず、彼が与えてくれる快楽の前に次第に理性を失っていった。

桐生は僕の脚を抱え直すと更に高く上げさせ、僕に苦しいくらいの体勢を取らせると尚も腰を深く進めてくる。

「あぁっ……あっ……あっ……あっ……」

接合した部分から聞こえるくちゅくちゅと濡れたような淫猥《いんわい》な音の合間に、痛いほどにぶつけられる下肢同士が離れるときに立てられる空気を含んだパンパンという音が室内に響き渡った。ずり上がりそうになる身体を、桐生の両手が僕の脚を摑んで引き戻す。

僕もシーツを握り締め、両脚で彼の背を抱き締めて更に深いところへの突き上げを態度で求めてしまっていた。了解、とばかりに桐生はまた目を細めるようにして笑うと、殆ど僕の背をベッドから持ち上げるようにし、激しく腰を動かしてくる。

「ああっ……やっ……ああっ……あっ……あっ……あっ……あぁっ……っ」

頭の中が真っ白になるほどの快楽が僕を捕らえ、気づけば大きな声を上げてしまいながら、僕は摑んだシーツを力いっぱい引っ張り上げていた。身体に纏《まつ》わりつくその布の撓《たわ》みを更に握り締める僕の手を、伸びてきた桐生の手が上から握る。

「…………」

顔を上げると、桐生が僕の視線を捕らえたことに気づき、またも目を細めるようにして微笑みかけてきた。激しい息遣いの下、小さく「いくぞ」と口を動かした彼に僕も小さく頷くと、ますます速まる彼の動きに合わせて腰を揺すり、彼が僕の中で達したのとほぼ同時に、白濁した液を自分の腹に、胸に撒《ま》き散らしてしまったのだった。

はあはあと大きく息をつきながら、僕は上下する自分の濡れた胸を無意識のうちに見つめてしまっていたらしい。僕の視線を追うように伸ばされた桐生の手が、胸に残る僕の残滓《ざんし》を慈しみに満ちた手で拭ってゆく。

「…………」

びく、と思い出したように震える後ろはまだ彼を咥《くわ》え込んだままだった。胸から腹へと掌《てのひら》を動かすために桐生が身体を起こそうとするのを、僕は両脚でその背を抱き締め制した。

「…………」

くす、と笑いながら桐生が再び僕の上へと倒れ込んでくる。肩の辺りに顔を埋めた彼が、またあの紅い印を残そうとして僕の肌を吸い上げる感触が、なぜかそのとき僕には何にもかえがたい幸せの印のような尊いものに思えた。新たな印を求めようと、僕は彼の背に回した両手両脚に力を込め、その身体をぎゅっと抱き締め直してしまったのだった。

何度目かの絶頂を迎えたあと、僕は殆ど意識を失うようにして、桐生の胸へと倒れ込んだ。汗に濡れる胸の温かさと、鼓動の確かさが心地よい眠りの世界へと僕を誘《いざな》ってゆく。

「……ずっと……」

小さな声で桐生が何かを呟いたのが、顔を埋めた彼の胸から震動となって響いてきた。なに、と問い返そうとしたが億劫《おっくう》で顔を上げることができない。

それがわかったのだろうか、やれやれ、というように桐生は僕の背を軽く叩くと、僕が寝やすいように身体を動かし、あらためて僕を抱き締めてきた。

「…………」

有難う、と言いたかったが、半分眠っているような状態で口を開くことができなかった。

「…………」

桐生が僕の背を抱き寄せながら、髪に顔を埋めてきたのがわかった。満ち足りた思いで眠りにつけることの幸福を、彼も感じていてくれるといい――切なる願いは押し寄せる睡魔に飲み込まれ、僕は彼の胸に顔を埋めたまま深い眠りの世界へと引き込まれていった。

翌朝、桐生は自分が起きる時間に僕を起こし、まず話を聞かせろと言ってきた。二人してシャワーを浴びたあと、彼の淹れてくれたコーヒーを前に、僕は何故、浩二がここへとやってきたのかを順を追って話し始めた。

大学を辞めて俳優になりたいんだそうだ、と言うと、桐生は、へえ、と面白がっているような相槌《あいづち》を打ったが、あとは、たいして興味のなさそうな顔で僕の話を聞いていた。

「……というわけで、親と喧嘩して寮に僕を訪ねてみたら、その僕が寮には殆ど帰ってこない、という話を聞きつけて気になったらしいんだよ。昨夜、会社が終わるのを待ち伏せされて、住んでいるところを見るまで梃子《てこ》でも動かないというので仕方なく……」

「いくつだ？」

桐生の問いかけに話の腰を折られ、僕は一瞬言葉に詰まったものの、その問いに答えた。

「二十歳になったばかりだけど？」

「……随分過保護だな」

呆れたような顔で桐生はそう笑うと、そろそろ時間なのかカップに残っていたコーヒーを飲み干して立ち上がった。

「過保護……」

そうかな、と首を傾げた僕に、桐生は更に呆れたような口調で辛辣《しんらつ》なことを言ってきた。

「二十歳に『なったばっかり』というところからして過保護じゃないか。立派に成人している男が、親と喧嘩したから家に帰りたくない、とはお笑い種《ぐさ》だ」

「……まあそれはそうだけど」

言われてしまえばそのとおりなのだが、何となく身内を庇《かば》いたくもあって、僕は支度を再開した桐生のあとを追いながら話を続けた。

「親とやり合ったことを気にしたというより、不安だったんじゃないかと思う。今まで、俳優になるなんて選択肢がなかっただけに、浩二も……弟も、やってみようと自分で決めたはいいものの、誰かに後押しして欲しかったというか、誰かに話すことで決意を新たにしたかったというか……」

「麗しい兄弟愛だな」

上着を羽織った桐生がくす、と笑い、僕の頭を抱き寄せ軽く唇を塞いだ。いってくる、の合図らしい。

「……甘やかしているとでも？」

幼い彼の面倒を見たことが刷り込まれてしまっているのか、確かに我ながら弟には甘いと思いつつそう問い返すと、

「甘いなんてもんじゃない。二十歳にもなって自分の進路を一人で決められないような奴なら、なにをやっても成功するわけがないな。親の言うとおり、大人しく大学を続けた方がいいんじゃないか」

桐生はコートを羽織りながら尚も辛辣な言葉を吐き、玄関へと歩いていった。

「そんな男が医者になっても診てもらいたいとは思わないがな」

「ひどいな」

桐生の言うことは正論だろうが、誰もが彼のように自分の選択と決断に自信を持てるような人間じゃないということもわかってもらいたい。自分がまさしくそちらの『自信が持てない派』に属しているという自覚があるだけに、思わず憮然とした声を上げてしまった僕だったが、

「……まあ、そんなタマには見えなかったがな」

靴を履き終えた彼が、くす、と笑い振り返ったのには怒りの矛先を失い、どういう意味だと彼の顔を覗き込んだ。

「え？」

「単にかまわれたくて来たんじゃないか？　綺麗《きれい》な『兄貴』に」

「綺麗って……あのなあ」

にや、と笑ってまた唇を合わせてきた桐生を睨み顔を背けると、伸びてきた彼の手に頬を押さえられ、無理やり唇を塞がれた。予測してもいなかった嚙みつくような痛いキスに驚いて目を開くと、桐生はにやりと目だけで笑ってすぐに唇を離した。

「それじゃ、いってくる」

「いってらっしゃい」

手の甲で唇を拭いながらそう返した僕に、桐生は軽くウィンクし、そのまま部屋を出て行った。

「…………」

バタン、と目の前でドアが閉まる。昨日同じように浩二を見送ったな、と僕は、随分前のようで実は別れてから数時間しか経《た》っていない、弟の様子を思い出していた。

桐生の言うとおり、親とやり合ったからといって家を出てきた彼の行為は子供じみたものであるかもしれない。成人もしているのだから、自分の進路くらい自分で決めろ、親に何を言われてもやりたいことをやれ——そう、突き放して考えられないのは、多分僕自身が未だにその種の決意を固めるのが苦手だからではないかと思う。

昔から僕は、何かを『決める』ということが酷く苦手だった。常に周囲に流され、気づけばなんとなく進路が決まっていた、という人生を送ってきたような気がする。大学も勤め先も、どうしてもここへ行きたい、という希望があったわけではなく、入ることのできたところに決めた、という感じだった。そうして決めたことに対し後悔したことはなく、入ったからにはベストを尽くそうという気概がないわけでは決してないのだが、未だに何か決めなければ、という段になると、僕はどうしても自分から一歩を踏み出せず、つい周囲を見回してしまうのだ。

寮を出るか出ないかという決断にしてもそうだった。実際住んでなどいないのだから、出てしまえばいいものを、手続きの面倒さと人目を気にして、こうして問題になるまでずるずると放っておいてしまった。問題になったあとも、野島課長や三上主務の面倒見のよさに甘え、放っておけるところまで放っておこうとしている自分には、我ながら愛想も尽きてくる。

今まで僕が「こうしたい」と強く願い、決断し、行為に移したことなどあっただろうか――そろそろ僕も支度をしなければならない時間が近づいていることに気づき、大きく溜め息をつくと、着替えるために部屋へと向かった。

あったな。

目の前に開ける、リビングの窓から見える早朝の東京湾を見たとき、僕は自分が唯一自ら決め、行動に移した『決断』を思い出した。

『ここで暮らしても……いいかな』

そう――僕がここで、桐生と暮らしていることも、

『ここで……君と一緒に暮らしていきたいんだ』

これから先も、ずっと彼と一緒にいたいと思っていることも――僕が自ら望み、自ら決めた決断だったじゃないか。

昇る朝陽《あさひ》を眺めながら、このままずっと桐生のもとで、彼と生活をともにしたいと思ったのは僕だ。彼を失いたくないと切実に願い、そのために彼に自分の思いを言葉で伝えたいと

思ったのも僕だ。『互いに互いを必要とし合っている』と言ってくれた彼の言葉に恥じぬよう、彼に必要とされる人間でありたいと思っているのも僕だ。

そう——すべて桐生に関することだけは、僕は胸を張って『自分で決めた』といえるのではないだろうか。

最初は確かにいつものように、流されてはじまった関係だったかもしれない。だが、今現在、そしてこの先に開ける未来をも、彼と過ごしていきたいと願っているのは、紛《まご》うかたなく僕の意志だ。

「……桐生……」

知らぬ間に愛しいその名を呟いてしまっていた僕は、次の瞬間、いきなり室内に鳴り響いたドアチャイムの音に驚き、我に返った。階下のエントランスの外からの音ではない。まさかあの桐生が忘れ物でもしたのだろうか、と首を傾げつつ、僕はまた玄関へと引き返した。

「桐生？」

だが、小さく開けた扉の向こうに立っていたのは——。

「浩二！」

ホテルに泊まったはずの弟が、少しも寝ていないような顔で僕に向かって、よ、と片手を上げてみせていた。

「な……っ」

思いもかけない弟の出現に啞然としている僕の目の前で靴を脱いだ浩二は、

「兄貴、そんなカッコでフラフラ出て来ないほうがいいぜ」

などとふざけたことを言いながら、僕の傍らをすり抜け室内へと勝手に入ってきた。

「お前、ホテル泊まったんじゃ……」

慌ててあとを追い尋ねる僕に、

「あの時間じゃねえ……ま、銀座の夜は早いが築地の朝も早いおかげでメシは食えたよ。コーヒー淹れてくれる？」

浩二は更にふざけたことを言い、昨夜も座った部屋の真ん中にあるソファにどっかと腰を下ろしてしまった。

「…………」

どうしたものか、と僕は彼を無言で睨みつけたが、浩二の様子がいつもどおりであることにほっとしているのも事実だった。

「……仕方がないなあ」

そんな思いを気取られないように僕もいつものように呆れた素振りを見せながら、キッチンへとコーヒーを淹れに行った。

「サンキュ」

僕からコーヒーを受け取ると、浩二はカップを両手で包むようにして持ち、一口啜って、にっと笑いかけてきた。

「おいしい」

「……『おいしい』じゃないよ」

ほんとにお前は、と説教しようとしたところで、壁の時計が既に八時を指していることに気付いた僕は、のんびり彼と話をしている時間はないと、

「ちょっと待ってろ」

と言い捨て、支度を再開することにした。『そんなカッコ』といわれたとおり、僕はまだシャワーからあがったばかりのTシャツとトランクス姿のままだったからだ。

スーツはこれ、シャツは――と、寝室のクローゼットを開け、一番上にあったシャツを引っ張り出しているところに、

「なにこれ」

いきなり浩二の声を背中に聞き、ぎょっとして僕はその方を振り返った。いつの間にか室

内に入ってきていた彼は、コーヒーを手にまじまじと僕たちのベッドを見つめている。

「……っ」

乱れまくったシーツが何を物語っているのか、説明してやる必要はなさそうだった。『それ』を察したらしいことは彼の驚きぶりからも見てとれた。

「……寝させてもらおうと思ってきたんだけど、やめとくわ」

肩を竦め苦笑した浩二の前で赤面した僕だったが、直後にはなんて図々しいことを言われたんだ、ということにようやく気付き、大声を上げた。

「寝させてもらう？」

「一睡もしてないんだぜ。仕方ない、ソファ、貸してよ」

何が『仕方ない』んだか、そう言いながらまたふらふらと部屋を出て行く浩二のあとを慌てて僕はシャツに手を通しながら追った。

「寝るなって！　おい！」

コーヒーをテーブルに置き、ソファで丸くなろうとする彼の身体を思いっきり揺さぶってやる。

「おやすみ」

「ふざけるなよ、おい！　浩二！」

このままじゃ遅刻だ、と僕は乱暴に彼の身体を揺さぶり、なんとか起こそうとしたのだったが、浩二はそんな僕に背を向け、更に身体を丸くして本格的に寝る体勢に入ろうとした。

「おい！」

彼に覆いかぶさるようにして顔を覗き込み、尚も肩を揺さぶる。と、いきなり浩二の手が伸びてきたかと思うと、え、と思う間もなく僕はそのまま手を引かれ、勢いあまって彼の身体の上へと倒れ込んでしまった。

「おい」

ぱちりと浩二の目が開いたと思った瞬間、素早い動きで半身を起こした彼は僕と身体を入れ替え、逆に僕の顔を見下ろしてきた。

「なんだよ？」

シャツが皺《しわ》になる、と悪ふざけのすぎる弟の顔を睨み上げる。

「…………」

途端に困ったような顔になった彼の胸をどん、と突き上げ、

「重い」

と更にきつく彼を睨むと、浩二は何か言いたげな顔をしながらもおとなしく僕の上から退《ど》き、そのままソファに腰かけて大きく溜め息をついた。

「いい加減にしろよ？」

僕も身体を起こすとシャツのボタンを手早くかけ、スーツを着るためにまた寝室に戻ろう

とした。

「あのさ」

　ぼそりと浩二が僕の背中に声をかけてくる。

「……遅刻しそうなんだけど」

　やれやれ、と振り返った僕は、次の瞬間、浩二の、

「ほんとに兄貴は……あいつに好きで抱かれてるの？」

　という問いかけに、言葉を失いその場に立ち尽くしてしまった。

「……昨夜、あいつが言ったように、お互いがお互いを必要とし合ってるの？　男同士なのに？」

　浩二はソファから立ち上がると、畳みかけるような口調で僕に問いかけてきた。何故か泣き出しそうにすら見える彼の必死の形相を目の前に、僕は一体どういう答えを返したらいいのかと、瞬時迷い——やがて決意し、口を開いた。

「……そうだよ」

　僕の答えを聞いた浩二の顔が一瞬酷く歪んだ。嫌悪されたか——心に鋭利な刃物で切りつけられたかのような冷たい痛みを感じたが、それでも、真実を告げたことに対する後悔の念は少しも浮かんでこなかった。

「……僕は桐生を必要としているし、彼にも必要とされたいと思っている。ここに住んでい

るのも僕の意志だし、この先もずっと彼と暮らしていきたいと思う。そりゃ、世間に対して誇れるような関係じゃないということは勿論わかっているけど、たとえ男同士でも僕は……」

「そう」

考え考え言い繋いでいた僕の言葉を、浩二の無感情な声が遮った。やはり厭《いと》わしく思われたのか、と内心溜め息をつきながらその顔を見やると、意外にも浩二は笑っていた。

「……長年一緒にいたけどさ、ソッチの人とは思わなかったよ」

苦笑するような笑みだったが、彼の顔には軽蔑《けいべつ》も嫌悪も表れてはいないように僕には見えた。

「……浩二……」

思わず名を呼んでしまった僕の声にかぶせるように浩二は、

「……ま、いいけどね」

と笑うと、オーバーに肩を竦めてみせ、僕に向かってにっと笑いかけてきた。

「親には内緒にしとくよ。俺のことだけでも頭が痛いだろうに、兄貴は男と暮らしている、じゃ、神経持たなさそうだからな」

「浩二……」

「……俺にとって、兄貴は兄貴だってことにかわりはないしね」

ぼそ、と自分に言い聞かせるような口調で呟くと、浩二は再び僕を見て笑った。

「……浩二」

言葉が少しも出て来ない。浩二は――弟は、僕の桐生に対する思いを受け入れてくれたということなのだろうか。同性である桐生に抱かれ、彼と暮らすことを認めてくれたのだろうか。

誰に認められようが、受け入れられようが――反対に誰からも認められず、受け入れられないとしても、桐生は『関係ない』と言うに違いない。確かに『関係ない』ことなのかもしれないが、今、浩二の笑顔を目の前に酷く感激してしまっていることも事実だった。

「……泣かないでよ？　昔から兄貴の涙には弱いって知ってるでしょ」

ふざけた口調で浩二は笑ったが、彼のほうが何故か泣きそうな顔をしていた。

「泣かないよ」

思わずその顔を見て笑ってしまった僕は、無言で浩二の肩をぽんぽん、と感謝の思いを込めて叩くと、再び踵を返して寝室へと向かった。手早く身支度を整え、百パーセント遅刻を覚悟してリビングへと戻る。

「行くぞ」

駅まで送ってやる――タクシーで出社という奥の手に出ようとしていた僕は、ソファにぼんやり座っていた浩二を急《せ》かし、一緒に玄関へと向かった。

「それにしても兄貴、隙ありすぎ」

靴を履きながら浩二がにやりと意味深な笑みを向けてくる。

「隙？」

「簡単に押し倒されちゃう挙句に『なんだよ？』だもんな。隙ありまくりの上に鈍感って、昔とぜんぜんかわってないって気がするんだけど」

「昔って……あのなあ」

いつ、僕が『隙ありまくりの上に鈍感』だったというんだ、と彼を睨むと、

「あいつも気が気じゃないんだろうなあ」

浩二はわけのわからないことを呟き、やれやれ、と大人ぶった溜め息をついてみせた。

「なんだよ？」

「わかんなきゃいいって」

ほら、遅刻なんだろ、と逆に浩二に急かされ、何か変だと思いながらも僕は彼と一緒にマンションを飛び出し、丁度来たタクシーに乗り込んだ。

「東京駅でいいよな」

財布から二千円を取り出し、先に浩二に渡してやる。

「どうも」

浩二は遠慮の欠片もない素振りでそれを受け取ると、

「あのさ」

と思い出したように話を降ってきた。

「なに？」

「もうちょっとよく考えてみる」

「え？」

ぼそ、と言われた言葉の意味は、一瞬わからなかったが、すぐに、ああ、進路のことかと気がついた。

「……そうか」

気がついたはいいが、上手い答えが見つからない。単調な相槌を打つことしかできない僕に構わず、浩二は話を続けた。

「……昨夜一晩、いろんなこと考えたんだけどさ。ヘンな話、あいつ見てたら……兄貴との関係を俺に言うのに、自分のしてることのどこが悪いっていうように、堂々と胸張られちゃったのを見てたらさ、俺はあいつほど自信もって、『これがやりたい』っていえるかなあ、とか考えちゃってね」

言葉を選ぶようにして浩二はそこまで話すと、上手く言えないんだけどさ、と照れた様子で笑った。

「本当に俺は俳優になりたいのか……監督がすごく有名な人だったからとか、大学が思ったより面白くなかったとか、選ばれた自分に酔ってるだけじゃないかとか——本当に俺、堂々と胸張って『俳優になりたい』って言えないように思えてきちゃってさ。だから……」

浩二はここで、決意を示すかのように、きっと唇を引き結ぶと、

「だからもう一回、真剣に考えて、それで自分で決めるよ。決めたからには親に反対されたら説得するし、やめればよかった、なんて後悔も絶対しない。堂々と胸張って、『俺はこれをやりたいから、これに決めたんだ』って今度は言いに来るから」

きっぱりとそう言い僕に向かって深く頷いてきた。

「浩二……」

「……あいつに影響されたってのが、どうにも悔しいんだけどね」

苦笑しながら浩二が僕にもたれかかってくる。

「重いよ」

いつの間にか身長も体重も、彼には越されてしまっていた。頭の中身も外見も、弟にはかなわないと思いはじめたのはいつからだったか。そして今、彼は僕をまた一つ越えようとしている。将来を見据える眼差しの真剣さで——。

「……眠いよ、駅まで寝させて」

「僕は先に降りるんだよ」

彼の身体を押し戻しながら、負けてはいられないな、と僕は心の中で密かな決意を固めて

いた。

将来のことなど、混沌《こんとん》としていて具体的に『なに』という答えを選ぶことはできないが、せめて今、自分が胸を張って『これ』と決めた事柄については、堂々と自信に満ちた選択を誇ろう。

そう――六つも年下の弟に、先を越されないためにも。

押し戻して尚、肩に顔を埋める浩二を僕は見下ろしていたのだが、浩二はそんな僕の視線を感じたのか、不意にぱちりと目を開き、

「ほら、隙だらけじゃない」

と、いきなり僕の股間《こかん》に手を伸ばしてきた。

「馬鹿か」

僕は簡単にその手を払いのけると、にや、と笑った浩二に向かって、当然のことを言ってやった。

「弟に隙見せないで、誰に隙見せるんだよ」

「…………」

浩二は少し驚いたような顔をして僕を見上げたが、何を驚いているんだ、と僕が問いかけるより前に、僕たちを乗せたタクシーは会社の車寄せへと到着した。

「それじゃ、またな」

時計を見ると始業まであと3分ある。エレベーターが混まなければ遅刻しないで済むな、と慌ててタクシーを降りた僕の背に、

「いってらっしゃい」

という浩二の明るい声が響いた。その声に背を押されるようにして僕は入り口を駆け抜け、エレベーターホールへと向かいながら、今日、退寮の手続きのとり方を人事に聞こう、と心を決めていたのだった。


結局浩二は映画の話は断ったのだそうだ。「勿体ない」と思わず言ってしまった僕の前で、

「大学辞めるのを勿体ないとも言ったぜ」

と浩二はさばさばした顔で笑っていた。

これからやりたいことを考えるよ、という彼は、あれ以降、築地のマンションによく遊びにくるようになった。桐生は決して彼の訪問にいい顔はしなかったが、それでも家にいるときにはコーヒーくらいは淹れてくれる。

僕の退寮の手続きは、何故か野島課長の認証待ちになっていた。

「早まるな。結婚してからでいいじゃないか」

親身になって心配してくれる課長をどう説得するかが、直近の僕の課題だ。

何故だか周囲が賑《にぎ》やかしくなりつつあるが、それでも僕は、彼との——桐生との日常に非常に満足しているし、桐生もきっと満足してくれていると信じている。

reasons

最近寒さが緩んできたとはいえ、さすがに早朝の深々と迫り来る冷気は身体《からだ》に堪《こた》える。あれからこの辺りを意味もなくうろうろしているうちに、中央卸売市場のある街だけあり、午前三時を過ぎた頃から早い朝食を食わせる店が開き始めた。

魚河岸《うおがし》の威勢のいい男たちに混じって、安価でも量は馬鹿《ばか》みたいに多い、その上魚は新鮮、という、テレビ東京の旅番組にそのまま出てきそうな店でメシを食ったあと、またうろうろと街を彷徨《さまよ》い、気付けば瀟洒《しょうしゃ》なこのマンションへと戻って来てしまっていた。

何気なく時計を見ると午前七時。まだ住民の『朝』は動き出していないのかもしれないな、などとどうでもいいことを考えながら、俺は閉ざされたエントランスの自動ドアの前にぼんやりと佇《たたず》んだ。

昨夜は——本当に驚いた。

ガラスに映る自分の姿の後ろに、俺は兄と——秀一《しゅういち》と暮らしているというあの男の面影を見出《みいだ》し、思わず大きな溜め息をついてしまった。

あれだけの容姿をもっているのだから——たとえ本人は無自覚であるにしても、だ——女だけじゃない、男にも言い寄られることはあるだろうとは思っていたものの、まさか男と一緒に暮らし始めるというところまではさすがに想像していなかった。

昨日の朝、久々に見た秀一の雰囲気《ふんいき》が少し変わったような気はしたが、まさかその原因が、服の下にあんな身体を隠していたためだったとは、それこそ想像できるものではなかった。

男にしては色白の肌一面に散っていた紅《あか》い痕《あと》――キングサイズのベッドの上で、あの男と全裸で絡み合う彼の姿がふと脳裏に浮かび、俺はその像から逃れようと軽く目を閉じ頭を振った。

秀一の身体を組み敷く男。秀一の肌にきつい吸い痕を残す男。秀一を喘《あえ》がせ、欲情のままに乱れさせているだろうあの男――あの男の姿を見た瞬間、俺はあまりにもあっさりと、彼と秀一の関係を察していた。

普通であれば「まさか」と思うだろうに、殴られた力の強さや、彼の激しい憤りを目の前にしたことが原因だったかもしれないが、頬《ほお》の痛みに耐えながらその顔を見上げた瞬間、俺は、秀一を変えたのは彼だと確信し、その衝撃に打ちのめされてしまったのだった。

衝撃――そう、確かにショック、だった。兄が男に抱かれているのを知ってショックを受けない弟はまずいないと思うが、俺の受けた衝撃はそれだけに留まらないといおうか、なんといおうか――大切にしていたものを冒瀆《ぼうとく》されたような憤りを、あの瞬間俺は覚えたのだった。

考えてみれば勝手な話だ、という自覚はある。秀一は秀一の自我を持ち、自身の判断であの男を選び、あの男に抱かれているのだろう。それに対して俺が憤るというのは筋違いだ。それこそあの男の言うとおり『関係ない』の一言で済んでしまう話だということは頭ではわかっているのに、どうにもやりきれない思いを俺は抑え込むことができなかった。そのやりきれなさが俺を夜通し歩かせ、こうしてまたマンション前へと導いたのに違いない。

『互いに互いを必要とし合っている』

兄を必要とし、兄に必要とされている男——あの男の言葉に泣いた秀一の顔が、頭に焼き付いて離れない。

今まで見たことのないほどに綺麗《きれい》な顔だった。涙を堪えるために口元は歪《ゆが》んでいたし、形のよいその眉《まゆ》もきつく顰《ひそ》められてはいたけれど、涙をそっと拭《ぬぐ》ったその顔は、なんというか本当に——綺麗だった、と思う。

あの顔を見ただけで、今、彼は幸せなんだろうな、とわかる気がし、それがまた俺にやりきれない思いを抱《いだ》かせてもいた。それはきっと秀一が、随分遠いところに行ってしまったような気になったからかもしれない。

いつの頃からか、兄のことを心の中では名前で呼ぶようになっていた。本人をそう呼ぶのは、彼が露骨に嫌な顔をするので諦《あきら》めたが、たとえ心の中だけであっても、彼を名前で呼ぶことが許されるのは、今は身内の俺くらいだろうと勝手に思い込んでいた。

あの男が秀一をなんと呼んでいるかはわからない。『長瀬《ながせ》』と名字で呼んでいた気もする。

が、名前で呼び合うことなど、単なる自己満足以外、何の意味もなかったことを――その上、俺は『呼び合えて』もいないのだ――昨夜、あの二人の姿を目《ま》の当たりにしたことで嫌というほど思い知らされた。

秀一を俺から遠ざけたのは、あの男――自信に満ちた態度で俺を真《ま》っ直《す》ぐに見据え、堂々と兄との仲を告げた、あの男。

あんな男は初めて見た。自分の容姿には自信がないでもなかったが、頼みの綱のその容姿も、体軀《たいく》も、バックグラウンドも、そして中身も――あの男には何もかも、それこそすべてがかなわないような気がした。

あの男の前では、自信家と言われた俺が自身を酷《ひど》く貧相な男のように感じざるを得なかった。久々に味わう爽快《そうかい》なほどの敗北感――『爽快』というのは勿論《もちろん》負け惜しみだ――全てにおいて俺に優《まさ》ると思われるあの男が、俺から秀一を奪っていったというわけか。

『俺から』というのは我ながらヘンだな、と気付いて俺は一人苦笑した。

もともと秀一は俺のものではないと、さっきも思ったばかりじゃないか――とそのとき、俺はマンションの中、ドアの向こうに差した人影に気付き、慌ててその場を離れようとした。不審者だと思われてはたまらない。が、その人影が、今、まさに俺が思いを馳《は》せていた人物だと――今や兄を『自分のもの』だと唯一宣言することができる、兄と共に暮らすあの『桐生《きりゅう》』という男だと気付いた瞬間、俺の足は止まっていた。

彼もドアの外にいるのが俺だと気付いたらしい。端整な眉を顰めたその表情に、俺は不覚にも一瞬見惚《みと》れそうになった。何から何まで絵になるその男は、仕立てのよさそうなスーツに身を包み、羽織ったコートを翻しながらドアの外へと——俺の前へと現れた。

俺と一瞬目を見交わしたが、急いでいるのだろう、『桐生』はそのままふいと目を逸《そ》らせ、足早に立ち去ろうとした。

「待てよ」

思わず広いその背中に声をかけると、彼は肩越しにちらと俺を振り返り足を止めた。

「こんなに早く、何処《どこ》行くんだよ」

「会社に決まっているだろう」

呆《あき》れたように俺を一瞥《いちべつ》したあと、『桐生』はまた前を向いて歩き出そうとした。

「待てよ」

再び声をかけてしまいながら、まるでチンピラが絡んでいるとしか思えない自分の振る舞いに、俺は自己嫌悪に陥りそうになっていた。一体俺は彼に何を言おうとしているのか——いや、彼から何を聞こうとしているのか。これ、という答えが得られぬうちに『桐生』はまたその端整な眉を寄せ俺を振り返ると、

「どうでもいいが、他の住民に迷惑はかけるなよ」

そう低い声で告げ、そのまま歩き始めてしまった。

「おいっ」

まるで相手にされていないことが俺をかっとさせ、気付けば彼の腕を後ろから摑《つか》んでいた。

「なんなんだ、さっきから」

仕方がない奴だ、と言わんばかりに振り返った、一分の隙《すき》もないその姿を目の前に、俺は自分でも思いもかけないことを大声で叫んでしまっていた。

「何処が好きなんだ？」

「なに？」

俺を見返す彼の目が細められる。僅《わず》かに首を傾《かし》げるように問い返すポーズがあまりにも決まっていることが更に俺のジェラシー——なんだろう、多分——を煽《あお》り、またも俺は一段と大きな声でわけのわからないことを叫んでいた。

「兄貴の何処が好きなんだ？」

「どこ？」

そのとき初めて、彼は俺を一個体として認めてくれたように思えた。

「どこ、ねえ」

暫《しば》し考えるような素振りをしたあと、彼は真っ直ぐに俺を見返してきた。

「何故《なぜ》、そんなことを聞きたいのかな」

「……どうでもいいだろ」

冴《さ》え冴《ざ》えとした双眸《そうぼう》の光を前に思わず口ごもった俺だったが、『どうでもいい』では答えを得られないことは彼の眼差《まなざ》しの厳しさから、さすがに察することができた。この男に兄の何処が好きかを聞くことが、俺にとってどんな意味を持つというのだろう。理屈じゃない、ただ彼になど渡したくないから、というだけではないか、という正論から目を背《そむ》けた俺の口から発せられた言葉は、あまりにも陳腐なものだった。

「もし、顔とかカラダとかが答えだったら、絶対に俺は許さない！」

「顔やカラダ？」

また首を僅かに傾げるようにしながら、彼が俺を見返してくる。一体こいつは何を言っているんだ、とでも言いたいのだろうが、それは言った俺本人が聞きたいくらいだった。

女を取られたわけじゃあるまいし、いくら秀一が綺麗な顔をしているからといって『顔やカラダ』はないだろう。それでももし、本当にこの男の目的が秀一の外見だけだとしたならば——彼の人となりなどまるで必要としていない、というのであったのならば、——許せない、という俺の心を読んだかのように、彼はくすりと笑うと、

「そうだな」

とあまりにも人を食ったような口調でそう言い、視線を俺から外して、どこか遠くを見つめるような顔をした。

肯定なのか？　まさか本当に外見だけが目的というのか——？

憤るあまり、一気に頭に血が上るのを俺は抑えることができなかった。『互いに互いを必要とし合っている』のは外見だけか、カラダだけの関係なのか、と怒鳴りそうになった俺は、再び目の前の彼が俺へと視線を戻し、

「考えたことがないな」

そう言い、またくすりと笑ったことに心底腹を立て、思わず胸倉を掴んでしまった。

「どういうことだよっ？」

「誤解するなよ」

彼は俺の手首を驚くほどに強い力で掴むと、痛みに顰《しか》めた俺の顔の前に掴んだ手首を戻させた。

「これだからガキは始末におえない」

ぼそりと呟《つぶや》かれた言葉にまた激昂《げっこう》しそうになったが、両手首を掴まれたままではどうすることもできなかった。

「ブラコンもいい加減にしておけよ。俺が言いたかったのは、長瀬の何処が好きか、など考えたことがない、ということだ」

勢いをつけて手首を離され、俺は後ろに数歩よろけた。

「……え？」

掴まれた手首が痺《しび》れている。一体何を言ったのか、と顔を上げた俺に、彼は噛《か》んで含める

ような口調で言葉を続けた。

「長瀬が長瀬だから好きだ――『何処』などと特定できるものじゃない。これでいいか？」

それじゃな、と彼は無表情にも見える顔の前に自分の右手を上げ、そのまま踵《きびす》を返してしまった。

「おいっ」

呼びかける俺の声に、もう彼は振り返ろうとしなかった。

「おいっ」

自分の声が、負け犬の遠吠《とおぼ》えのように聞こえてくる。と、そのとき背後で自動ドアが開く音がした。どうやらこのマンションの『朝』もようやく動き始めたらしい。やはり通勤姿のサラリーマンが、俺を不審そうに眺めながら開いたドアから出てきた。彼の後ろで閉じようとしている自動ドアめがけ、俺は思わずそのサラリーマンの身体を押し退け駆け寄ると、扉を手でこじ開けマンションの中へと飛び込んでいた。背中でオートロックのドアが閉まる。

『……「何処」などと特定できるものじゃない』

物凄《ものすご》い愛の告白じゃないか、と俺はガラスのドア越しに振り返り、既《すで》に見えなくなりつつあるあの男の姿を目で追った。

その『愛の告白』を受ける兄は、一体彼のことをどう思っているのだろう――。

聞きたいような、聞きたくないような複雑な思いを胸に、俺は勢いをつけてドアから身体を離すと、再び兄の——兄とあの男の暮らす部屋を訪ねてみようと思った。

「かなわないな」

爽快なまでの敗北感が、俺の胸に宿っている。その『爽快さ』は、今度は決して負け惜しみではない、と思うこと自体が負け惜しみなんだろうか、などと下らぬことを考えながら、俺はふらふらとエントランスを突っ切ると、兄がいるであろう三十八階のあの部屋を目指し、エレベーターのボタンを押したのだった。

無用の言葉

SIDE　Kiryuh

「あ、やっと帰ってきた！」

駐車場で車を降りた途端、背後から響いてきた聞き覚えのある声に俺は、またか、と溜《た》め息をつきつつ振り返った。

「どうも」

へへ、と頭をかきながら近づいてきたのは、長瀬《ながせ》の弟、浩二《こうじ》だった。彼が初めてマンションを訪れたのは今からひと月ほど前のことになるが、その後頻繁に顔を見せるようになった。

二十歳にもなっているのに、兄離れができていないのだ。兄のほうも――長瀬もまた弟を『二十歳になったばかり』などと言っているところをみると、弟離れできていないのだろう。似たもの同士、というわけだろうが、兄弟のいない俺にはまるでわからない心理ではあった。

「…………」

弟のいない俺にはその可愛《かわい》さがわからず、また、兄もいないので兄を慕うという弟の気持ちもわからない。いい年をしてこの兄弟は何をやってるんだか、と正直少々呆《あき》れていた。唯一わかるのは浩二の、長瀬に構ってもらいたいという気持ちくらいだ、などと馬鹿《ばか》げたことを考えながら俺は、また来たのかという思いを込めて彼を見返した。

「そんな顔、しないでよ。兄貴、まだ帰ってないよ」

大抵の男は——当然女もだが女を睨《にら》んだことはない——俺が睨むと怯《ひる》むものだが、浩二は鈍いのか、はたまた神経が太いのか、少しも臆《おく》する素振りを見せない。

いや、もしかしたら逆に相当したたかで、年上のプライドから俺が本気で自分相手に怒るわけがないと見抜いているのかもしれない。それが生まれながらにして身についている『弟気質』というものか。まったく始末に負えない、と内心溜め息をつきつつ俺は、

「それが？」

どうした、と浩二に問いながらも、彼に構わずエレベーターへと向かった。

「近くまで来たからさ。またコーヒー、飲ませてほしいな」

長瀬はかつて弟のことを『甘え上手』だと言っていた。弟離れできていない兄には有効なのかもしれないが、赤の他人の俺にはその甘え口調は苛《いら》つくだけのものだ。

「飲みたきゃ外で飲め」

「そんな冷たいこと言わないでよ。兄貴と会ったらすぐ帰るからさ」

ここでもまた浩二は『弟気質』を発揮した。冷たくあしらわれていることに当然気づいているだろうに、まったく気づかぬ振りをしてこちらの領域にずかずかと遠慮なく踏み込んでくる。

本当に、これが長瀬の身内じゃなかったら相手になどしないものを、と俺は、今度は聞こえよがしに溜め息をついてやると、

「来い」

ひとこと言い捨て、エレベーターのボタンを押した。

俺に続いて乗り込んできた浩二が、ちら、と俺の顔を窺《うかが》い見る。長瀬と彼とはまるで顔立ちは似ていないのだが、こういうときの目つきは似ていると言えないこともなかった。長瀬も滅多《めった》に見ぬような美形だが、弟もまた人目を惹《ひ》かずにはいられない整った顔をしている。さすが、いきなり映画の主演に抜擢《ばってき》されるだけのことはある——その話は結局断ったらしいが——と俺も認めはするが、彼自身もまた自分の容貌《ようぼう》が人より優れているという自覚があるようだった。

そこが長瀬とは決定的に違うところだ。長瀬も彼の数分の一でいいから自身の美貌を自覚してもらいたいものだ、などと俺が我ながらくだらないことを考えているうちにエレベーターは三十八階に到着した。

「お邪魔します」

部屋に入るとき、浩二は挨拶《あいさつ》こそ口にしたが、殊勝なのは言葉だけで、勝手知ったるとばかりに上がり込み、俺が自分の部屋へと鞄《かばん》を置きに行っている間にリビングのソファにどっかと腰を下ろしていた。

「相変わらずいい眺めだなあ」

カーテンを開け放した窓から見える東京の夜景に、浩二が感嘆の声を上げる。これもまた『いつものこと』だ、と思いながら俺は、そんな『いつも』を許している自分に呆れつつ、浩二の後ろを通りキッチンへと向かった。

彼の要請どおり、コーヒーを淹《い》れてやることもまた、我ながら信じられない。こんなことごときで目くじらを立てるのも大人げないかという心理につけ込まれているということもわかっているが、それを指摘したところで浩二は少しも堪《こた》えないだろう。

本当に『弟』という人種は図々しい。自分にそんな存在がいなくてよかった、と心の底から思いながら、幾分手抜きをして淹れたコーヒーを手に俺はリビングに戻ると、勝手にテレビをつけ眺めていた彼の前に、タンッとそれを置いてやった。

「ありがとうございます」

挨拶だけ馬鹿丁寧というのも却《かえ》って憎らしい、とじろりと睨むと、

「なんで睨むの」

ここでもまた『弟気質』を発揮した浩二が、臆することなく尋ねてくる。相手をした時点で構ったことになる、と俺は敢《あ》えてそれを無視し立ち去ろうとしたのだが、そんな俺の背に浩二の声が刺さった。

「ねえ、桐生《きりゅう》さん。兄さん、いつもこんなに遅いの？」

「ああ」

ソファから立ち上がりあとを追って来かねない気配を察し、やれやれ、と俺はまたも聞こえよがしな溜め息をつくと、腰を浮かしかけた彼を振り返り頷《うなず》いてやった。

「仕事、忙しいのかな。接待とか？　ああ、でも、最近は接待費削減で、どの企業も接待の回数、減ってるんでしょ」

就活している別の学部の友達が言ってたんだけど、と笑いかけてくる彼に俺は、

「さあ」

と素っ気なく答え、部屋に戻ろうとした。

「プライベートの飲み会って可能性もあるか。ねえ、桐生さん、兄貴、合コン行ったりしてるのかな？」

俺が会話をする気がないということは浩二にも嫌というほどわかっているだろう。わかるからこそ彼はこんな馬鹿げた話題をわざわざ振ってきたのか、と俺は呆れた。

「直接本人に聞けよ」

もともと長瀬は合コンに興味がない。その上彼は今、非常に多忙にしており、接待以外で飲みに行く気力も体力もない。体力に関しては俺も責任を感じないこともないが、それはともかく、浩二の問いは俺の嫉妬《しっと》心を煽《あお》らせようとしていることがミエミエであるため、乗るのも馬鹿馬鹿しい、と相手にせずそのまま部屋に戻りかけた俺の背に、再び浩二の声が刺さ

った。

「桐生さん随分余裕だけどさ、兄貴の過去とか、興味ないの？」

「…………」

笑いを含んだその声に、俺の足が止まる。

「やっぱり、興味あるんだ。教えてあげようか？　兄貴の女性遍歴」

肩越しに振り返った先、してやったり、と笑う浩二の顔を俺は、やられた、と心の中で悪態をつきつつ睨み付けたのだった。

SIDE　Nagase

今夜もまた随分と、帰りが遅くなってしまった。このところ毎晩タクシー帰宅だ、と溜め息をつき、運転手に金を払ってタクシーを降りると、疲れた身体を引き摺《ず》るようにしてマンションのエントランスへと向かった。

今週末、僕の担当する北米の会社のお偉いさんが訪日する。夏にも日本に来たのだが、その後の世界的不況で改めて契約内容を見直したいということで、緊急の来日となったのだった。

この一週間というもの、その準備に追われていたために僕は、毎晩深夜まで残業していた。今夜ようやく準備を整え終え、あとはその来日を待つのみ、というところまで漕《こ》ぎ着けたのだが、それにしても疲れた、とオートロックのドアを開き、エレベーターに乗り込みながら、自分でも呆れるくらいの深い溜め息をついてしまった。

自分は果たして仕事ができる人間か否かと考えたとき、『できる』と言い切る自信は毛頭ないが、人並みはずれて『できない』というわけではない――と思いたい。

実際のところ、査定などから見ると僕はどうやら平均くらいのところにはいるんじゃないかと思うのだが、こうも深夜残業が続くとどうしても、自分の能力を疑ってしまう。

同じ仕事をもし、桐生がやったとしたら――そんな『もし』は考えるだけ無駄だとわかってはいるのだが、もしも桐生だったとしたら僕がやっているような仕事はてきぱきと、それこそ定時で終わるくらいの勢いで片付けるに違いない。

あり得ない仮定をし、しかもその結果に落ち込む僕はマゾなんじゃないだろうか、と自分で自分に呆れながらエレベーターが三十八階に到着するのを待ち、ポン、という音と共に開いた扉から降り立とうとした僕は、扉が開いた向こうに現れたあまりにも見覚えのある顔に驚き、やはり驚いたように僕を見返していた彼に声をかけた。

「浩二、来てたのか？」

「うん。まあね」

どうやらエレベーターが来るのを待っていたらしい彼は僕の年の離れた弟で、名を浩二という。

慶応大学医学部の三年で将来医者になることを家族の誰もが疑っていなかったにもかかわらず、ひと月ほど前急に『俳優になるので大学を辞める』と言い出し周囲を驚かせた。

それが原因で両親と喧嘩《けんか》になり、家を飛び出して僕の許《もと》へとやってきた彼は、僕が会社の寮には殆《ほとん》ど帰っていないと知ってしまった。どこに住んでいるのか教えろとしつこく付きまとう彼を撒《ま》ききれずこのマンションへと連れてきて、結果的に桐生との関係をも知られることになったのだが、それ以降浩二は頻繁に桐生の、そして僕の住む部屋を訪れるようになったのである。

桐生はビジネス上は社交的だが、プライベートでは他人との関わりをうざったがる傾向がある。浩二も『他人』であるので、桐生が彼の来訪を歓迎していないのは見てわかるのだが、それでも追い返すことはせず無愛想ながらも対応してくれているのは奇跡に近い、と僕は常々思っていた。

大抵の人間は桐生の顔色を見る。彼が不機嫌そうにしていれば気を遣《つか》い、その原因が自分にあると察しようものならすぐさま彼の前から姿を消そうとする。そうせずにはいられない雰囲気《ふんいき》を桐生は有していると思うのだが、浩二は桐生がどんなに不機嫌にしてみせようが、まるで動じない。

もともと浩二は人の顔色を見るのは得意で、それゆえ年長者にもよく可愛《かわい》がられていた。だから桐生の『顔色』にも気づかぬわけはないのだが、徹底的に気づかぬふりを装っている。作った彼の『無邪気』ぶりは横で見ている僕をはらはらさせるのだが、桐生もその『作った』感には気づいているだろうに、彼もまたそれを徹底的に無視している。狐《きつね》と狸《たぬき》の化かし合い——なんて可愛いもんじゃない、空々しい二人の会話を傍で聞くのは非常にスリリングで僕の胃を痛くさせるのだが、こうも疲れ切っている今夜もその『スリリング』な時間を過ごすことになるのか、と天を仰《あお》ぎそうになった。

頼むからあまり、桐生の神経を逆撫《さかな》でするようなことを言わないでくれと事前に言っておこうかと口を開きかけた僕は、続く浩二の行動に自分の覚悟が空振りだったと気づかされた。

「それじゃね」

「え？」

浩二が手を伸ばしてエレベーターのボタンを押し、まだこの階に留《とど》まっていた僕が乗ってきた箱に乗り込もうとする。まさか帰るのか、と、僕は思わず戸惑《とまど》いの声を上げてしまった。

「なに？」

浩二が足を止め、僕を振り返る。彼の目の前で扉は閉まったが、なんの音もしないことからおそらくまだ箱はその場に留まっていると思われた。

「いや、帰るのかと思って」

言ってから僕は、しまった、と心の中で舌打ちした。これじゃまるで彼を引き留めているようだと気づいたからだ。

「帰ってほしくない？」

恐れたとおり、浩二はにや、と笑って僕を振り返った。帰る素振りも演技だったか、と僕は心の中で、やれやれ、と溜め息をつき彼と共に部屋に戻ろうとしたのだが、またも浩二は僕の予想と違う行動を起こした。

「でも今夜は帰るよ」

「え？」

あっさりそう言い、再びエレベーターのボタンに手を伸ばした彼の背に僕はまたも戸惑いの声を上げた。

「ああ、そうそう」

すぐに開いた扉の間から箱に乗り込んだ浩二が、唖然《あぜん》とする僕を振り返る。

「桐生さん、帰ってるよ」

「そうなんだ？」

その言葉にも僕は正直驚いていた。このマンションはセキュリティがしっかりしているものの、要領のいい浩二は今までも住人と一緒にオートロックをすり抜け、部屋の前で待っていたことが何度もあったからだ。

桐生がいたということは、今まで二人で話していたのか、はたまた今夜はついに桐生に入室を断られたのか、どちらだろうと問い返そうとした僕の前で浩二がなんともいいがたい表情になった。

「ごめん、兄貴。桐生さんに言っちゃった」

「何を？」

唐突な謝罪がますます僕を戸惑わせる。今夜の浩二は僕の予想を裏切ってばかりいるが、今回もまた彼は、僕が考えもしなかった言葉を告げ僕を仰天させた。

「兄貴の女性遍歴。桐生さんが聞きたいって言うからさ」

「なんだって!?」

驚きの声を上げた僕の目の前で、エレベーターの扉が閉まる。閉まりきる直前、にや、と笑った弟の顔が見えたが、いかにも意地悪そうなその顔に向かい問い質《ただ》そうとしたときにはもう、エレベーターは動き出していた。

「………」

まったく、何が『女性遍歴』だ、と溜め息をついた僕の耳に、浩二の声が蘇《よみがえ》る。

『桐生さんが聞きたいって言うからさ』

女性遍歴、というほど、僕が今まで付き合ってきた女性の数は多くない。高校の時に一人、大学のときに二人で、いずれも一年もたずに別れた。振った振られた、というよりは、どの彼女ともそのうちに連絡を取り合わなくなり、自然消滅、という終わり方を迎えるパターンばかりだった。

付き合い始めたきっかけも『なんとなく』というパターンが多く、この子とどうしても付き合いたい、という情熱を感じたことはない。女の子の方にもその情熱はなく、だからこその『自然消滅』となったのだが、そんな惨《みじ》め——としかいいようのない『女性遍歴』であっても、桐生に知られて嬉《うれ》しいものではなかった。

桐生はどう思っただろう。僕らがお互いの過去を明かし合ったことなど勿論《もちろん》ない。僕は桐生の女性遍歴も男性遍歴も知らないが、もし知りたいか知りたくないかと誰かに問われたら──誰がそんな問いをしてくるのかという話だが──どう答えるかな、とまたも意味のない『もし』を考えていた僕の足は、いつの間にか完全に止まっていた。

本当に一体誰が問うというんだ、馬鹿馬鹿しい、と笑おうとしたが、顔の筋肉がうまく動かない。入社してからの桐生のもてっぷりを考えると、学生時代彼の周辺はさぞかし華やかだっただろうと想像できるだけに、知れば傷つくとわかりながらも知りたいとも思ってしまう。

知ったところでいいことは一つもない。過去は過去、今は今だ。だが、もしも誰かが──だからそれは誰なんだ──桐生の過去を教えてやると言ってきたら、僕は耳を傾けてしまうんじゃないだろうか。知らないでいることと知っていること、どちらが幸せなんだろう。そういや昔倫社で『無知の知』というのを習った。確かソクラテスだったか。『知らない』ということを『知っている』人のほうが賢い、というような内容だったと思うが、果たして互いの過去は──女性、男性遍歴は『知って』いるほうがいいのか『知らない』でいるほうがいいのか──。

「……馬鹿か、僕は……」

何が『無知の知』だ、と、高校時代に受けた倫社の授業まで思い起こしていた自分の馬鹿さ加減にふと気づき、僕は大きく溜め息をつくと、捕われていた思考から逃れようとでもしているかの勢いで歩き出した。

ドアの前に到着し、いつものように鍵《かぎ》を開けて中に入る。確かに桐生の靴があり、彼が帰宅していることがわかった。

ということは、桐生に僕の、薄いことこの上ない『女性遍歴』を知られたというのも事実なんだろうな、と思いながら僕もまた靴を脱ぎ、リビングへと向かった。

「遅かったな」

桐生はリビングで一人、ビールを飲んでいた。

「要領悪くて……」

この一週間連日の深夜帰宅、しかもアルコール抜きであることは一目瞭然《りょうぜん》だろうから、さぞそう思っていることだろうと、先回りした僕に向かい桐生は、片方の唇の端を上げて微笑《ほほえ》むと、

「飲むか？」

と目で自分の飲んでいるビールを示してみせた。

「うん」

頷き、キッチンへと向かおうとした僕より早く、桐生は立ち上がってキッチンへと向かうと、あとを追い彼が開けていた冷蔵庫の前までついていった僕を振り返り、

「ほら」

とスーパードライを差し出してきた。

「サンキュ」

桐生の様子にかわったところは見られない。心のどこかで僕は、浩二から話を聞いた桐生が、やや不機嫌になっているのではないかと案じていた。やはり僕の『女性遍歴』など取るに足らなかったということか、と安堵《あんど》し、礼を言った僕に桐生はにっと微笑むと、自分も飲みきっていたのだろう、もう一缶出し、リビングに戻ろう、と目で示してきた。

「うん」

頷き、今度は彼の先に立ってリビングへと戻ろうとした僕の目が、ステンレスの流しのところでふと止まった。

コーヒーカップが二つ下げてある。と、背後から僕の視線に気づいたらしい桐生の、幾分不機嫌そうな声が響いてきた。

「お前の弟が来たぞ」

「……あ、うん。さっきエレベーターで会った」

振り返って答えると、桐生が早く行け、というように顎《あご》をしゃくる。一気に機嫌が悪くなった彼の様子に僕は、心の中で参ったな、と思いながらも、言われたとおり早足でリビングへと戻った。

桐生の座っていたソファに先に腰かけると、桐生は僕の隣に座り、プシュ、とビールのプルトップを上げた。僕もまた彼に倣い、プルトップを上げる。

いつも二人でこうして飲むときには、意味なく『乾杯』と缶を合わせることが多いのだが、今夜桐生は一人で一気にビールを呷《あお》ってしまった。やはりそう機嫌が良くないようだと僕はその理由を考えながら、またも彼に倣ってビールを呷る。

桐生を不機嫌にさせたのは、やはり浩二から聞いたという僕の過去の話だろうか。それともそれ以外に、浩二に桐生を怒らせるような言動があったんだろうか。それもないとはいえないところが浩二なのだが、もし後者であった場合、兄である僕が謝らないとな、と、早いピッチでビールを飲み続ける傍らの桐生を僕はちらと見た。

「なんだ」

僕の視線に敏感に気づいた桐生が、じろ、ときつい目で僕を睨み返す。

「あ、いや……」

本人にそのつもりはないのかもしれないが、眼力があるというのだろうか、桐生の睨みは、彼と一緒に暮らし始めて数ヶ月経《た》った今でも、思わず身を竦《すく》ませてしまうほどの迫力がある。それゆえ僕は口ごもってしまったのだが、そんな僕の態度がますます桐生の神経を逆撫でしたようだった。

「なんだよ」

更にきつい目で睨んできた彼が、既《すで》に飲みきってしまったのだろう、手にしていた缶を手の中で、ぐしゃ、と潰《つぶ》しセンターテーブルに置く。

「……いや、だから、浩二が何か失礼なことを言ったのかなって思って……」

ここで臆すれば桐生の機嫌はリカバリーできないほどに悪くなる。長い付き合いでそれがいやというほどわかっている僕は、勇気を振り絞り彼にそう尋ねてみた。

「あいつが俺に、失礼じゃなかったことなどあったか？」

相変わらず桐生の目つきは鋭く、声は不機嫌きわまりなかったものの、口調はそうきつくはない。『揶揄《やゆ》』まではいかないが、真剣に怒っているときの彼はこんな、持って回った言い方をせずに、腹立ちを覚えた事柄にずばりと斬《き》り込んでくる。

「……ごめん」

持って回ってはいたが、弟に失礼があったことは事実のようなので謝ると、

「何が？」

桐生はまたじろ、と僕を睨み、一体何に対する謝罪なのかと問うてきた。

「何って、浩二が失礼だったと聞いたから……」

「いつものことだと言っただろう？」

ぼそぼそと続けた僕の言葉に、桐生がそれこそずばりと斬り込んでくる。

「……まあ、そうだけど……」

どうやら浩二の『失礼』よりも僕の謝罪のほうが、彼を怒らせてしまったらしい。なんで

そうなるんだ、という僕の疑問は次の瞬間には桐生の口から明かされることになった。

「二十歳を超した弟の非礼を、なぜ兄が詫《わ》びるかね」

「なぜって、いくつになっても弟は弟だし……」

僕としては正論を言ったつもりだった。桐生の言うことは勿論わかる。というのも彼はよくこの手の指摘をしてくるからだ。

要は僕が浩二に対して過保護だと桐生は言いたいのだ。確かに浩二は桐生の言うように二十歳を超しており、学生とはいえ自分の問題は自分で解決する年齢に達してはいる。甘やかすことは本人のためにもならないと言いたいのだろうということもわかってはいるのだが、年が離れているせいだろうか、僕にとって浩二は二十歳を超した今でもつい庇護《ひご》の手をさしのべずにはいられない存在だった。

浩二が当然のように甘えてくるのもまた、長年の慣れだろう。いい加減、弟離れ、そして兄離れしなければならないのかもしれないが、まあ、そう焦らなくても、それこそ浩二が社会に出てからでもいいか、と僕も、そして多分浩二も思っている。

それが桐生にとっては信じられないことのようで、ことあるごとに指摘してくるのだが、彼は一人っ子だそうなので兄弟仲について理解できない、というのもわかる。その上浩二はこの部屋に入り浸っており、特に今夜は桐生に対して何か腹立たしいことをしでかしたらしいので、ここは言い訳をしている場合じゃないか、と僕は目の前で呆れ顔になっている桐生

に、

「とにかく、悪かった」

と改めて詫びた。

「まったく、あいつもあいつならお前もお前だ」

僕の謝罪は桐生の怒りを削《そ》いだのか、やれやれ、と彼は肩を竦めると立ち上がり、キッチンにビールを取りに行ってまた戻ってきた。

「筋金入りのブラコンだな」

僕の隣に腰を下ろし、プシュ、とプルトップを上げた桐生が揶揄してくる。

「自分的には普通なんだけど……」

「それが『普通』なら世も末だ」

「…………」

尚《なお》も揶揄してくる桐生の機嫌がいいんだか悪いんだか、既に僕には判断がつかなくなっていた。しつこく絡んでくるのは機嫌がいいと悪い、どっちのサインなんだろう、と心の中で首を傾《かし》げつつ、答えようがなくてビールの缶を口へと持っていった僕の耳に、桐生の淡々とした声が響く。

「で、弟は何をお前に言った？」

「え？」

声音が淡々としすぎていて、問われた内容がすぐに脳に伝わってこなかった。問い返した途端、桐生が何を問うてきたのかわかったが、わかった途端僕は思わず絶句してしまっていた。

「…………」

桐生がちら、と僕を見てまた、ぐいっとビールを呷る。

「あ……」

答えられなかったのは、浩二が僕に言った内容のせいだった。それを言えば僕は自分の口から、過去の女性関係について触れなければならなくなる。どうしよう、と迷ってしまったために答えがまた遅れた。

「まあ、いいけどな」

桐生が肩を竦め、ビールを呷る。なんだか突き放されたような気がしたのと、別にそうまでして隠すネタなどないという思いから僕は、こうなったらなんでも話すかと心を決め口を開いた。

「桐生に僕の、過去の女性関係について話したと言われたんだ」

「…………」

唐突に僕が喋《しゃべ》ったからだろうか、桐生が驚いたように目を見開き僕を見る。

「……別に知られて困るようなことは何もないんだけれど、それでもちょっと……動揺してしまって」

ぼそぼそと言葉を続けながら僕は、もう自分の口で全部話そうと思い立ち、居住まいを正して桐生へと向き直った。

「……今まで付き合ったのは三人、高校生のときと大学生のときで、相手は……」

「やられたな」

あはは、といきなり桐生が笑い出したのに、せっかく気力を奮い起こして喋り始めた僕は唖然とし彼を見返した。

「あの……？」

「聞いちゃいないぞ、そんな話」

「ええ？」

くすくす笑いながら桐生がビールの缶をセンターテーブルに置き立ち上がる。

「お前の弟は性格が悪いな」

桐生はそう言うと、あまりのことに言葉を失っている僕の手から飲みかけのビールを取り上げ、それもテーブルに置いたその手で僕の腕を摑《つか》み立ち上がらせた。

「あ、あの……」

なんてことだ。浩二に騙《だま》されただけだったのか。なんであいつはそんな嘘《うそ》をついたんだ、と僕はほとんどパニックに陥ってしまいながらも、桐生に促されるままにリビングを突っ切り寝室へと向かった。

「あ、あの、桐生？」

そのまま押し倒されるようにしてベッドに倒れ込んだところに、桐生がのしかかってきた。

「ん？」

手早く僕の上着を脱がし、ネクタイを外しながら彼が笑顔を向けてくる。

「さっきの話なんだけど……」

「話？　今することか？」

言い訳じゃないが、さっき口走ったことのフォローをしようとした僕の心を知ってか知らずか、桐生はうるさそうにそう言うと、手早く僕から服を剝《は》ぎ取っていく。

「…………」

聞かないということは、気にしないということなのか、それとも聞きたくないということなのか、どっちなんだろうと僕は少し考えたが、たとえどちらだったにしても喋る必要はないということだろうと思うことにし、彼のシャツに手を伸ばした。僕も彼の服を脱がせようと思ったのだ。

「自分で脱いだほうが早い」

桐生がくすりと笑って僕の手を振り払い、既に全裸にした僕から身体を起こして脱衣を始める。

「……おっしゃるとおり」

確かに自身の言葉どおりものの数秒で——はさすがにオーバーな表現だが——服を脱ぎきり裸になった桐生が僕に再び覆い被《かぶ》さってきた。

「少し痩《や》せたな」

「そうでも……っ」

ない、と答えようとした唇を唇で塞《ふさ》がれる。確かにこのところの深夜残業続きで、部の皆からも『痩せたな』と言われている上、体重も少し落ちていた。体調は悪くないので大丈夫、と言おうとしたとき、桐生の手が僕の胸の突起を擦《こす》り上げ、僕から更に言葉を奪う。

「ん……っ」

びく、と身体《からだ》を震わせ、合わせた唇の間から声にならない声を漏《も》らした僕を見下ろし桐生は目を細めて微笑むと、唇を首筋から胸へと滑らせもう片方の乳首を口へと含んだ。

「あっ」

コリッと音が立つほど強く乳首を噛《か》まれる、痛みスレスレのきわどい刺激に、僕の口からは高い声が漏れ、身体が大きく仰《の》け反った。

「…………」

桐生がちらと僕を見上げ、また目を細めてにっと笑ってみせる。行為はまだ始まったばかりなのに、と言いたげなその笑みに、仕方がないじゃないかと悪態をつきかけた声もまた、両胸への絶え間ない愛撫《あいぶ》に喉《のど》の奥へと飲み込まれていった。

「あっ……あぁっ……あっ……」

かわりに口から漏れるのは、快楽を物語る喘《あえ》ぎだった。桐生と関係するまで僕は、男の――自分の胸にも女性同様、性感帯があるという事実をまるで知らずにいた。乳首を摘《つま》まれると電流のような刺激が背筋を上り、ざらりとした舌で舐《な》め上げられるとぞわっとした感覚が下肢《かし》を襲った。抓《つね》られたり引っ張られたり、そして噛まれたりする、強い刺激にはことさらに弱く、今のような高い声を漏らすこともしばしばだ。マゾ気があるんじゃないかと桐生に時々笑われるのに『馬鹿な』と答えながらも、あながち『ない』とは言い切れないかもしれないと思う、そんな自分に戸惑いを覚えずにはいられない。

「やっ……あっ……あぁっ……」

今まさに桐生の指が僕の乳首を抓り上げ、もう片方を強く吸い上げては舌で歯で舐《ねぶ》り噛む、強い刺激に身体は震え、肌は一気に熱し、汗が噴き出す。鼓動は跳ね上がり、息は乱れ、全身を焼く熱に脳まで焼かれて、思考がまるで働かなくなる。

「あっ……あぁっ……あっ……あっ……」

胸だけでよくそうも乱れられるものだと、常々桐生には笑われているが、自分でも本当にそのとおりだと思う。性感帯というのは開発されるものなのか、桐生に抱かれ始めた頃より僕は格段に感じやすくなっている――ような気がした。

繊細な桐生の指が僕の肌の上を滑る、それだけでぞくぞくとした感覚が背筋を上る。下手すると実際触れられていなくとも、それこそ想像しただけでも昂《たか》まることができる自信があった。

そんな馬鹿げた『自信』を持ってどうする、と自分で自分に突っ込む余裕などあるわけもなく、桐生が執拗《しつよう》なほど丁寧に僕の胸を攻める、その愛撫に僕は身体を捩《よじ》り高く声を上げ続けた。

「あっ……やっ……」

桐生の唇が胸から腹へと滑り、下肢に辿《たど》り着く。いつしか大きく開いてしまっていた僕の両脚の間に顔を埋《うず》め、勃《た》ちきっていた雄を桐生が口に含んだ。

「やぁ……っ……」

熱い口内を感じた途端に達してしまいそうになり、いけない、と僕は朦朧《もうろう》としてきた意識をつなぎ止めると、シーツを握りしめ射精を堪えた。

「………」

またも桐生がちら、と僕を見上げ、微笑んでみせる。その我慢、どこまで続くかな、という意味の笑みだったということを僕は間もなく、身を以《もっ》て体感することになった。

「やっ……やめっ……あっ……あっ……」

亀頭の部分を重点的に舌で舐り回し、竿《さお》を指で扱《しご》き上げる。続いて裏筋を舌で刺激しながら舐め下ろし、指は陰嚢《いんのう》を揉《も》みしだく。口から出した雄を再び口へと含み、力を込めた唇が竿を締め上げ刺激する。

「もうっ……あぁっ……もう……っ」

巧みすぎる口淫《こういん》に、もう我慢できない、と僕は早くもギブアップし、桐生の口の中にこれでもかというほど白濁した液を飛ばしてしまった。

「あぁ……っ」

精を放って尚、ドクドクと脈打っている僕の雄を桐生は丹念に、それは丹念に舐って清めてくれるのだが、それが新たな刺激を呼び、達したばかりだというのにまたも僕のそれは熱を持ち始めてしまっていた。気づいた桐生が苦笑し、ちら、と僕を見上げる。

「……や……っ……」

途端に忘れていた羞恥《しゅうち》の念が込み上げてきて、堪らず身を捩ろうとしたが、桐生は僕の両脚をがっちりと固定して僕の動きを制すると、雄を舐り続けた。

「だめ……っ……あっ……やめ……っ……」

治まりかけた胸の鼓動がまた早鐘のように打ち始め、微《かす》かに繋《つな》ぎ止められていた思考が乱れていく。己の身体が再び快楽の波にさらわれようとしている。性欲に対しあまりにも貪欲《どんよく》すぎることに恥じらいを覚えてはいたが、襲い来る快楽を堪える術《すべ》を持たない僕は、口では「駄目だ」「やめろ」と言いながらもそれは容易《たやす》く——笑ってしまうほどに容易く快感の坩堝《るつぼ》へとはまり込んでいった。

「あぁっ……あっ……あっ……」

喘ぐ僕の雄を舐りながら、桐生がつぷ、と指をそこへと——僕の後ろへと挿入させる。

「やぁ……っ」

ぐいぐいと内壁を圧《お》しながら、桐生の指が僕の奥へと進んでいく。自身の内壁が驚くほどの活発さで蠢《うごめ》きその指を締め上げるのに、恥ずかしさからまたも身を捩ろうとしたが、桐生は今度も僕を逃がそうとしなかった。

「あっ……はぁっ……あっ……あっ……あっ……」

雄を咥《くわ》え、後孔《こうこう》を本数を増やした指で乱暴にかき回す。前後に与えられる絶え間ない愛撫に僕の思考力は吹っ飛び、頭の中が真っ白になっていった。

「あぁっ……あっ……もうっ……あっ……もう……っ」

勃ちきった雄の根元をしっかりと握りしめ、僕が達してしまうのを制しながら桐生はその先端を舐り、後ろをこれでもかというほど攻め立てていく。昂まるだけ昂まってしまっていた身体は、欲情の発露を求めてシーツの上で激しく身悶《みもだ》え、口からはまるで獣のような大きな声が漏れてしまっていたことに、気づく余裕は勿論なかった。

「あぁっ……」

不意に後ろから指が抜かれ、雄が外気に晒《さら》される。唐突に失われた愛撫に自分が不満げな声を漏らした自覚もまた、僕の持ち得ぬものだった。

どうして、と薄く目を開いた視界に、僕の両脚を抱え腰を上げさせる桐生の姿が飛び込んできた。

「……あ……」

常に見惚《みと》れずにはいられない見事な雄は勃ちきり、先端からは先走りの液が滴り落ちている。その雄を桐生が僕の後ろへと押し当てている様を見ているだけで僕の興奮は煽られ、挿入を待ち詫びるそこがひくひくと蠢き僕の腰を捩れさせた。

「………」

腿《もも》のあたりを抱えた手で僕の動きを制した桐生が、ずぶりと逞《たくま》しいその雄を僕の後ろにねじ込んでくる。待ちに待った質感に桐生に抱えられた両脚が跳ね上がり、背中が大きく仰け反った。

「あっ……あぁっ……あっあっあっ」

一気に僕を貫いたあと、激しい律動が始まる。勢いよく奥底を抉《えぐ》られるその動きに、おおかた失われていた僕の思考力はほぼゼロになり、真っ白な頭の中で極彩色の花火がパンパンと何発も、数え切れないほど上がっていった。

「あっあっあっあっああーっ」

呼吸困難に陥りそうなくらいに心臓はばくばくと脈打ち、息は切れ、意識は朦朧としてくる。息苦しさから気づかぬうちに僕は、いやいやをするように激しく首を横に振り、指が強《こわ》張《ば》るほどにシーツを握りしめてしまっていたようだ。それに気づいたのは、悶える僕を見かねたのか桐生が抱えていた僕の片脚を離し、今にも達しそうになっていた僕の雄を握りしめ扱き上げてきたときだった。

「あーっ」

直接的な刺激に張り詰めていたものが一気に解《ほど》けた。咆吼《ほうこう》といってもいいような高い声を上げて僕は達し、二人の腹の間に白濁した液を撒き散らした。

「……く……っ」

射精を受け、僕の後ろが激しく収縮し、桐生の雄を締め上げる。その刺激に桐生もまた達した様で、低く声を漏らすと僕の上で伸び上がるような姿勢になった。

「…………」

はあはあと乱れる息の下、その声を聞き、逞しい胸の筋肉を目の当《ま》たりにした僕の鼓動が一段と速まり、未《いま》だに体内で燻《くすぶ》っていた欲情の残り火が疼《うず》くのがわかった。

普段の桐生の声もそれはセクシーだが、低く喘ぐときの彼の声はまた格別にセクシーなのだ。腰に来る声という比喩《ひゆ》——があるが、まさにこういう声を言うのだろうと、その姿に見惚れ、声に聞き惚《ほ》れていた僕は、自分でも気づかぬうちに目に欲望の焔《ほむら》をともらせてしまっていたらしい。

「熱い眼差しだな」

くす、と笑った桐生が再び僕の両脚を抱え上げ、ゆっくりと突き上げを開始する。

「……え……っ」

気づけば僕の中に納めたままになっていた彼の雄は既に硬さを取り戻していた。まだ息も整っていないのに、と僕は慌てて桐生に、ちょっと休ませてほしいと訴えようとしたのだが、桐生はその隙《すき》を僕に与えず、突き上げの速度を増してくる。

「や……っ……あっ……あぁっ……」

桐生が激しく突き上げるたびに、繋がった部分から先ほど彼が僕の中に放った精液が零《こぼ》れ、室内にくちゅくちゅという淫猥《いんわい》な音が響き渡る。その音に、力強い律動に、休ませてほしいと思ったはずの僕の欲情は煽られ、気づいたときには両手両脚で逞しいその背に縋《すが》り付き、自らも腰を桐生の下肢へと打ち付けてしまっていた。

「……ふ……っ」

気づいた桐生が僕を見下ろし、低く声を漏らして笑う。あまりにセクシーなその声音にますます昂まりを覚えてしまう自分を抑えられず僕は、強い力で桐生の背にしがみつき、激しく腰を揺らしてしまったのだった。

「ん……」

頬に冷たさを感じ薄く目を開くと、ミネラルウォーターのペットボトルを押し当ててくれている桐生の顔が見えた。

「大丈夫か」

「……うん……」

結局あのあと桐生は僕の中で二度達し、同じ回数だけいかされた僕はさすがに最後はついていかれず、気を失ってしまったようだ。

身体は消耗《しょうもう》しきっていたものの『大丈夫じゃない』というほどではなかったので、僕は桐生に腕を引かれて身体を起こすと、彼が手渡してくれたエビアンのボトルを開け中身を一気に呷った。

「辛《つら》いのか？」

飲み干したあと、はあ、と大きな溜め息をついてしまったからか、桐生がそう問い顔を覗《のぞ》き込んでくる。

「ううん、大丈夫」

決してそのつもりはなかったのだが、あからさまに疲れてみせていたのは嫌味だったか、と気づいた僕は慌てて首を横に振ったのだが、僕のそんな様子を見て桐生は吹き出し、

「ほら」

と手を伸ばしてきた。

「え？」

「ペットボトル」

飲みきったのなら寄越せ、と桐生は僕の手から強引に空になったペットボトルを取り上げると、

「もっと飲むか？」

と尋ねてくれた。

「もういい」

「………………」

実はもう少し飲みたい気持ちもあったのだが、『飲みたい』と言えばまた桐生の手を煩わせることになる。そう思うのなら自分でキッチンまで行けばいいのだろうが、今は腕一つ上げるのも億劫《おっくう》で、とてもその気力はなかった。

我慢できない喉の渇きでもないし、まあ、いいや、と思って僕は首を横に振ったのだが、桐生はちらと僕の顔を見たあと、ペットボトルを持ったまま、やにわに立ち上がり寝室を出ていってしまった。

「？」

どうしたんだろうと思いつつ見送っていた僕は、三十秒ほどで戻ってきた彼の手に新しいエビアンのペットボトルが握られていることに思わず「あ」と声を漏らした。

「無用な遠慮はするな」

ほら、と桐生が無愛想にそう言い、僕にペットボトルを差し出してくる。

「……ごめん……」

我慢できない程度ではなかったのだ、と言い訳をしようかなとも思ったが、そう言えばきっと桐生は『無用な我慢はするな』と言い返してくるに違いない。それゆえ素直に謝った僕に向かい、桐生は、よし、というように頷くと、どさりとベッドに腰を下ろしペットボトルから水を飲む僕をじっと見つめた。

「……なに？」

物言いたげな彼の視線が気になり問い返した瞬間、行為になだれ込む前の会話を僕は思い出していた。

『……今まで付き合ったのは三人、高校生のときと大学生のときで、相手は……』

「……あ……」

そうだ、僕は浩二の嫌がらせ――以外になんと表現したらいいかわからない――にまんまと乗せられ、喋る必要のない自分の女性遍歴を語りかけていたのだ。

しかも『遍歴』というには恥ずかしすぎる、少なすぎるとも薄すぎるともいうべき女性関係を、だ。しかし、たとえ薄いにしても、そして少ないにしても、聞いた桐生はどう思っただろう。

もしも逆の立場だったら——僕が桐生の過去の女性関係を、ちらとでも聞いたとしたら、どう思うだろう。桐生の場合は僕のように薄くも少なくもないだろうが、それはともかく、やはり聞いてしまえば気になって仕方がなくなるに違いない。

桐生も同じなんじゃないだろうか。だからこそ彼は、こんな、何か問いたげな目で僕を見つめているんじゃないだろうか、と思ったとき、僕の口から謝罪の言葉が漏れていた。

「……ごめん……」

「…………」

桐生が片方の眉を上げ、尚もじっと僕を見つめたあと、ふっと笑って手を伸ばしてきた。

「……え？」

「飲み終わったのなら寄越せよ」

僕の謝罪をあたかも、水を持って来させたことに対してであったかのようにすり替え、微笑みかけてくる彼に僕はどう対応したらいいのかわからず、その場で固まってしまった。

「……あの……」

「無用な謝罪はするな。謝罪だけじゃない。言う必要のない言葉は言わなくていい……そうだろう？」

絶句する僕からペットボトルをまたも取り上げ、キャップを閉めてベッドサイドのテーブルに置くと、上掛けを捲《めく》り桐生は僕の横へと身体を滑り込ませてきた。

「……桐生……」

言う必要のない言葉は言わなくていい——互いの過去など知ったところで、嫉妬に身を焼かれこそすれ、プラスになることは何もないだろう、というのが桐生の想いだと考えていいのだろうか。

それはそのまま、僕の想いだった。僕だって桐生の過去は気になる。だが桐生が過去に付き合っていた女性にしろ男性にしろ、どんな人物でどんな付き合いをしていたかを知れば必ず僕は、彼女たちや彼らと自分を比べた挙句に、自分もいつそちら側へと属するかと、日々不安を抱え生きていくことになるのは目に見えていた。

それならいっそのこと、何も知らないほうがいいじゃないか。大切なのは過去ではなく、これから二人で歩んでいく未来だ。他人と培ってきた過去は二人にとっては無意味な——それこそ『無用』のものだと桐生も考えてくれたのだろうか、と僕は彼の目を覗き込んだ。

「なんだ？」

桐生が微笑み、僕を胸に抱き寄せる。あまりにも優《やさ》しいその笑みに、勝手に桐生の同意を見いだしていた僕の口から、思わずこの言葉が漏れた。

「愛してる……」

「…………」

呟くようにして告げたその言葉に、桐生は一瞬目を見開いたが、すぐにその目を細めて微笑むと、僕の背を力強く抱きしめ、髪に顔を埋めた。

「……俺もだ」

くす、と笑いながら桐生が聞こえないような声でそう囁《ささや》いてくれる。彼の声音に、想いは同じだという重みが感じられたような気がしたのは、僕の独《ひと》りよがりな勘違いかもしれないと思いながらも、そうではないといいなという願いを込め、僕は桐生の胸に顔を埋め、彼の背をしっかりと抱きしめ返したのだった。

SIDE　Kiryuh

「…………」

腕の中で、行為に疲れ果てた長瀬は眠りについたようだった。安らかな寝息を立てるその端整な顔を見下ろす俺の耳に、思い詰めた表情で告げられた彼の言葉が蘇る。

『……今まで付き合ったのは三人、高校生のときと大学生のときで、相手は……』

不自然と思われぬように会話を打ち切ったつもりだが、やはり唐突すぎて彼には気づかれただろうなと俺は苦笑し、さらりとした長瀬の髪に顔を埋めた。

まったく、気持ちはわからないでもないが、ブラコンもたいがいにしてほしい、と頭に浮かぶ彼の――長瀬の弟、浩二の顔に、俺は舌打ちしたくなる気持ちを堪え、唇を引き結ぶ。

最愛の兄をとられた悔しさも、そしてとった相手が――俺のことだ――同性であるということから生まれる心配も、まあ、わからなくはない。だが、心配だからといって頻繁に様子を見に来るのも、嫌がらせよろしく二人の仲を引っかき回そうとするのも、勘弁してもらいたいものである。

俺には兄も弟もいない上に、母親は早くに亡くなっているし、親父《おやじ》は親父で俺が心配などしてやらずとも己の幸せには貪欲、かつがむしゃらに突き進むタイプゆえ、身内の幸せを考えるという土壌がもともとない。

たとえ長瀬が俺の兄だったとしても——気味の悪い想像に俺はつい笑ってしまった——長瀬の幸せは長瀬自身が判断することであり、同性より異性と付き合うほうがより幸せなのでは、などとは考えないだろう。

だが浩二は違うらしい。またも俺の頭に彼の、生意気な顔が浮かぶ。気が優しい上に面倒見のいい長瀬に奴はさぞ甘やかされ、溺愛《できあい》されて育ってきたのだろう。己の感覚はすべてにおいて正しいと思うあの不遜《ふそん》な性根は、社会に出てから苦労するに違いない。

彼にとっての『幸せ』は同性の恋人を持つより、人並みに異性と付き合うことにあるようで、今夜も長瀬の帰りが遅いのは合コンに行ったのではないかと絡み、相手にしないでいると過去の女性遍歴を教えようかと絡んできた。

もともと兄は——長瀬はノーマルなのだ、と言いたげな浩二の言動に、カチンとこなかったといえば嘘になる。が、ここでそれを態度に出せば思う壺《つぼ》だろうと、敢えてそっけなくあしらってやったのだった。

「やっぱり、興味あるんだ。教えてあげようか？　兄貴の女性遍歴」

「興味ない」

「え？　うそ。兄貴の過去にほんとに興味ないの？」

俺の答えに浩二はわざとらしいほど大仰に驚いてみせたあと、「ああ」と一人納得したように笑った。

「本当は興味あるくせに。強がってるんでしょ」

「なぜお前に対して強がらなきゃならない」

馬鹿馬鹿しい、と肩を竦めた俺を見て、浩二は相当むっとしたようだ。それを態度に出すところが子供だ、と内心苦笑していた俺に向かい、尖った声で絡んできた。

「俺なんか相手にもならないって言いたいのかもしれないけどさ、兄貴のことなら他の誰より俺が一番知ってるんだぜ」

「それがどうした。そりゃ羨《うらや》ましいな、とでも言えば満足か？」

「なに!?」

相手をしてしまうあたり、俺も『子供』だ。揶揄されたことで浩二の腹立ちは更に煽られたらしく、おそらく言うつもりはなかったであろう言葉を口走っていた。

「兄貴がどんな女と付き合ってたか、興味ないなんて嘘だろ？　本当は聞くのが怖いんじゃないのか？　もともと兄貴がゲイじゃないって知るのがさ。だからわざと『興味ない』なんてこと言って、ごまかしてるんだろ？」

「あのな」

興奮し喚《わめ》き散らす浩二の声を聞き続けるのがいよいよ不快になってくる。まったく、普段の俺ならこうなる前にきっちり彼を潰していただろうに、やはり長瀬が絡むと言葉も鈍るな、と軽い自己嫌悪に陥りつつ、俺は浩二にとどめを刺してやることにした。

「俺が『興味がない』と言ったのは、そんな話を自分の知らないところでされた長瀬がどう思うかを考えたからだ」

「……っ」

淡々と告げた俺の言葉を聞き、浩二がはっとした表情になり息を呑《の》んだのがわかった。

「長瀬は決して喜ばないと思うがな」

とどめとばかりにそう言うと、何かを言いかけていた浩二はぐっと言葉に詰まり、膝《ひざ》の上で両手の拳《こぶし》を握りしめた。

細かく震えるその拳をちらと見やると、浩二はむっとしたようにその手をさりげなく膝からおろし、

「帰る」

一言言い捨て、立ち上がった。

「コーヒーは？」

我ながら意地が悪いと思いつつ、カップに半分以上残っているコーヒーはどうするのだと尋ねてやると、浩二は肩越しに俺を振り返りはしたが、一言も言わずまた前を向いてそのまま部屋を出ていった。

遠く、玄関のドアが閉まる音がする。やっと帰ったか、と俺は彼のために淹れたコーヒーのカップを手に立ち上がると、キッチンへと向かったのだった。

まさかあのあと浩二が長瀬と会い、過去を話したと嘘をつくことで俺に意趣返しをしてくるとまでは想像できなかった。ツメが甘かったな、と苦笑し、また長瀬の髪に顔を埋めキスをする。

やり込めてやったつもりだったが、さすがにタダでは起きなかった浩二の言葉が、俺の耳に蘇った。

『本当は聞くのが怖いんじゃないのか？』

彼の意図とはまるで違うが、ある意味その言葉は的を射たものだった。

自分の過去を棚に上げて何を言う、と言われそうだが、長瀬の過去に興味がないというのは嘘だ。彼がどんな恋愛をしてきたのか、どんな相手と付き合ってきたのか、彼女たちへの気持ちはどれほど強いものだったのか——知りたいという欲求は勿論俺にもある。

聞いたところで完結した過去の恋愛の話なのだから、意味などないということはわかるのだが、それでも知りたいと思うのは恋するがゆえの馬鹿げた心理なのだろう。

だがその馬鹿げた誘惑に負け、浩二から、そして浩二に騙された長瀬から彼の過去を聞いてしまったとしたら——嫉妬にかられた自分が何をするかがわからない。俺が『怖い』のはそんな自分のほうだった。

過去に三人の女と付き合ったというさわりを聞いただけで面白くなく感じ、ああも激しく彼を求めてしまったくらいなのだから、と長瀬の髪にキスをすることで込み上げてくる溜め息を飲み下す。

「……ん……」

腕の中で長瀬が微かに声を漏らし、俺の温《ぬく》もりを求めるかのように身体を寄せてくる。過去などどうでもいい。こうして彼が俺の腕の中にいるのだから、と俺は、おそらく「ざまをみろ」とでも思っているに違いない幻の浩二の顔を頭の中から追い出すと、より深い眠りへと長瀬を誘《いざな》ってやるべく彼の華奢《きゃしゃ》な身体を抱き直したのだった。

黄金の休日

1

今年はゴールデンウィークとは名ばかりの、飛び石の連休になってしまった、ということを桐生《きりゅう》と話したのは昨夜のベッドの中でだったか、それとも前日の朝の食卓でだったか——四月に新人が配属されたり、隣の課の課長が海外へ赴任が決まったりと、先週は殆《ほとん》ど毎日飲みの予定が入っていたのと、少々風邪気味だったこともあり、いつも以上にぼんやりしていた僕は、今朝、出かけに桐生が、

「それでどうする？」

と玄関で尋ねてきたときも、なんの話をしているのかをちっとも理解していなかった。

「どうって？」

抱き寄せられるままに唇を重ねたあとそう問い返すと、桐生はやれやれ、とあからさまに呆《あき》れた表情を見せ、

「春眠暁を覚えずもいいけどな」

ボケすぎじゃないか？　と僕の頭を小突いた。

今朝もなかなか起き出さない僕を、桐生は何度も寝室に足を運んで文字通り叩《たた》き起こして

くれたのだった。疲れているんだ、仕方がないじゃないか、と言えないのは、僕以上に桐生は激務をこなしていることがわかっているからなのだけど、本当に疲れ知らずといおうかなんといおうか、昨夜も殆ど眠りそうになっている僕の身体《からだ》を散々弄《もてあそ》び、更に睡眠時間を減らしたとは思えない爽《さわ》やかな目覚めを迎える彼を羨《うらや》まずにはいられない。

恨みがましく睨《にら》んだ僕の心中を察したのか、桐生はにやりと笑うと、

「俺にも責任の一端があると言いたそうだな？」

と僕の頬《ほお》を軽く抓《つね》る真似をした。

「一端どころか」

すべてでしょう、と言おうとした僕の頬をまた桐生がふざけて抓る。

「痛いよ」

「酔って絡んできたのはお前だろう？」

「よく言うよ」

泥酔しても記憶を失ったことがないのが自慢の僕が覚えていないわけがない。半分冗談、半分本気で口を尖《とが》らせた、その唇に掠《かす》めるようなキスを落とした桐生は、

「ま、春は発情期だからな、仕方がないってことで」

と笑い、それじゃな、と踵《きびす》を返し玄関のドアに手をかけた。

「春だけじゃないだろ」

「それはお互い様」

肩越しに振り返り、見惚《みと》れるようなウィンクを投げかけてきた彼に、何を言っても無駄かと僕は諦《あきら》めて、はいはい、と頷《うなず》き手を振った。

「そうそう、考えておけよ。連休どうするか」

ドアを閉めながら、桐生が思い出した、といった様子でそう声をかけてくる。

「え？」

問い返したときには桐生の姿は疾《と》うになく、先ほどの『どうする』はこの五月の連休のことだったのか、とようやく僕は気づいたのだった。

日本特有のこの五月の連休『ゴールデンウィーク』――黄金の一週間とはよくぞ名づけたものである――取引先のメーカーが休みのため、僕などは出社して日頃できない書類整理に明け暮れてしまうのだが、桐生ほどのポジションを持つようになると、日本企業の休みのこの時期を利用して海外出張に出かける予定を組まれやすいのだという。

今年、彼は五月の一日から六日まで、インドネシアはジャカルタへの出張の予定だった。桐生は折角の休みを会社に潰《つぶ》されると憤っていたが、仕方がないじゃないか、と僕が慰めにもならないことを言うと、更に彼の機嫌は悪くなった。

よくよく聞いてみると、彼が憤った理由というのが、この連休に僕と何処《どこ》かへ行こうと考えていたからだ、ということがわかり、僕をなんともいえない幸福な気持ちにさせた。今年のゴールデンウィークは飛び石で、僕も休みをとることが難しかったし、なによりこの高い時期に何処かへ行くというのも馬鹿馬鹿《ばか》しいとも思っていたが、彼に誘われたなら一も二もなく喜び勇んで何処へでもついていっただろう。残念だけれど仕事となれば仕方がない、と諦めていたところに、昨夜——だか昨日の朝だったか、桐生が急に、

「出張がなくなった」

と言ってきたのだった。なんでもインドネシア国内でまた爆弾テロが起こったそうで、アメリカ企業は当分の間出張を見合わせることにしたらしい。

「このところの不況で海外便のチケットは激安らしいが、お前は暦どおりなんだろう？」

昨夜彼の腕の中で、うとうとしていたところにそう問われ、うん、と頷いたような気がする。

「それなら近場でどこか——」

その辺から僕の意識は眠りの世界に引き込まれてしまい、何処へ行こうというところまで話は及ばなかったようだ。それで彼は先ほど僕に「考えておけ」と言い置いたのだろう。

近場でどこか——ゴルフにでも行くのもいいかもしれない。いや、少し足を伸ばして鄙《ひな》びた温泉地でゆっくりするのもいいか——すっかり『春眠』は暁を覚え、僕は浮き立つ心のままに、彼に言われたとおり、この黄金の数日をどう過ごすかを一生懸命考えはじめたのだった。

今年のゴールデンウィークは連休らしくない連休であることは日本全国共通事項であったのか、メーカーの営業が、例年であれば工場の休みに連動して大型連休となるところ、今年は出社ですよ、と零しながら仕事の電話をしてきたり、船積みは後半の連休より前に処理しなければならなかったりと、普段より余程忙しい一日を過ごした僕は、珍しく酒も飲まないのに深夜帰宅となってしまった。

先週までの接待と歓送迎会ラッシュのおかげで、たまりにたまった事務処理のツケが廻《まわ》ってきたためもある。明日が休みで本当に助かった、と思いながら僕はそれでもまだ残っている課員に「お先に失礼します」と頭を下げ、会社の前で列を成しているタクシーへと走った。

酒が入っての深夜帰宅も辛《つら》いものがあるが、一滴のアルコールの摂取もない深夜残業というのもまた別の意味で辛いものがある。これを毎日桐生はやっているのか、と思うと――しかも彼の帰宅は深夜二時三時を廻ることもしばしばなのである――やはり同じ人間とは思えないといおうか、頭の出来が違うように身体の出来も違うのだろうか、と思わずにはいられない。

確かに学生時代は向こうは体育会、僕はなあなあのサークルという差はあるにしても、鍛え方が違う、というだけではとても追いつかないバイタリティを感じ、同性として、同じビジネスマンとして、かなわないなあと感心してしまう。桐生と同じ生活をしたら、僕などはそれこそ三ヶ月ももたずに入院するんじゃないだろうか。前にそんな話になったとき、桐生は意味深に笑って、

「お前が意外にタフなことは誰より俺が知ってるさ」

などと下品なことを言い出したものだが、その「下品」な言葉が指し示す行為ひとつとってみても、あれだけの激務をこなしたあととは思えないバイタリティに溢《あふ》れていて、とても僕などでは太刀《たち》打ちできるものではなかった。

そんなくだらないことを考えているうちに僕の乗ったタクシーはマンションの前に到着した。時計を見ると午前一時半、今日も彼はまだオフィスで働いているのだろうか、と思いながら金を払って車を降り、部屋に向かう。一応呼び鈴を押してみたが、思った通り応答はなく、やはりまだオフィスかな、と僕はいつものように鍵《かぎ》を開け、リビングの電気を点《つ》けた。

僕が出たままの状態になっていた机の上を簡単に片づけたあと、ソファにどっかりと座り込む。残業メシを食べ損ねたおかげで空腹を覚えていたが、立ち上がって何か作る気にはなれなかった。寝ようかな、と思ったが、明日は休みでもあるし、どうせならここで桐生を起きて待っていようかと僕はふと思いついた。動機の半分は、疲れてなかなかソファから立ち上がる気力がなかったからだったが、朝、桐生に言われた『ゴールデンウィークの予定』を

考えようかな、と思ったのだ。

明日は一日休みだが、そのあとまた三日は出社しなければならない。まあ、明日の休みは一日のんびり過ごし、出かけるのは後半の四連休かなあ、と、そこまでは朝から何度も考えているのだが、その先がどうにも思いつかない。

連休中はどこも混むだろう、と思ったり、四日では遠くには行かれないからなあ、と思ったり——マイナス要因ばかりは思いつくが、どうしても彼と行きたいここぞという場所が思いつかないのだ。

ゴルフもいいだろうし、近場の温泉に行くのもいい、思い切って軽井沢くらいまで足を伸ばし、今年は一度もできなかった花見をするのもいいかも、などといくつかアイデアは思いつくが、いざ実行に移すとなると、今更宿はとれないいんじゃないだろうか、とか、高速道路は渋滞するだろうとか、考えなくてもいいことが頭に浮かんでしまう。

結局、このひと月たまりにたまった疲労が、僕をレジャーに対し消極的にしているのかもしれないな、と思いながら、またも疲れたな、と溜《た》め息をついたそのとき、玄関のドアががちゃりと開く音がした。『疲労』という言葉からは最も遠いところにあるような足音が近づいてくる。

「おかえり」

真《ま》っ直《す》ぐに僕に向かってくるバイタリティに溢れた男を見上げると、

「なんだ、お前も今帰ったのか？」

そう言い僕に覆い被《かぶ》さるようにして唇を塞《ふさ》いだ桐生は、珍しくアルコールの匂《にお》いを身に纏《まと》っていた。

「飲み会？」

いつもと会話が逆だ、と思いながら問い返した僕の唇に再び触れるようなキスを落とした桐生が、

「ああ。久々にベタな接待をやってきた」

と笑い、僕の肩を叩いた。そんな桐生の身体から立ち昇ってるのはアルコールの匂いだけではなかった。脂粉の甘い残り香が彼のスーツに染み付いている。

「ふうん」

接待、と言う言葉に嘘《うそ》はないのだろう。この甘い匂いも、女性のいるクラブにでもいった為《ため》に染み付いてしまったに違いない。それがわかって尚《なお》、僕はなんとなく面白くなくて、再び覆い被さってきた彼の身体を避けるようにして立ち上がると、キッチンへと向かおうとした。何がしたかったわけでもないが、まあ、いつも彼がしてくれるように、水でも汲《く》んできてやろうと思ったのだ。が、桐生はそんな僕の腕を捕らえると、

「なんだ、今日は珍しく素面《しらふ》なのか」

と笑いながら僕を抱き寄せようとしてきた。

「まあね」

桐生の瞳《ひとみ》が、酔いのためかいつもより煌《きらめ》いてみえる。微《かす》かだが頬も上気していて、普段の彼より数段の色気を醸し出していることが、また僕をなんとなく面白くない気持ちにさせていた。

こんな顔を晒《さら》していた彼は、さぞ店でもモテまくったに違いない——つまらないジェラシーが胸に湧《わ》き起こるのを、馬鹿馬鹿しい、と自ら胸の奥に押し込めようとするのだが、かつて彼と同僚だった頃によく見た、ホステスたちに囲まれる桐生の姿が浮かんできてしまい、尚更に苛《いら》つく気持ちに陥ってゆく。

「どうした？」

相変わらず煌く瞳で僕を見下ろす桐生に、

「別に」

と答えた声は、自分でも驚くくらいに不機嫌だった。

「どうした」

桐生が僕を抱き直し、更に顔を近づけてくる。途端に彼のスーツからまたあの甘い香りが立ち昇り、僕は再び顔を背けると彼の胸を押し返した。

「どうもしないよ」

「ご機嫌斜めだな」

肩を竦《すく》め僕を見下ろした桐生は、すぐに、ああ、と納得したように笑うと、

「……これか」

と自分の上着を脱ぎ、ダイニングの椅子《いす》へと放り投げた。

「隣についたホステスの香水だろう。タクシーに乗り込んだときも運転手が顔を顰《しか》めるくらいに匂いが染み付いていたからな」

「一人だったのか？」

「え？」

思わず口を挟んでしまった僕に、桐生は意味がわからない、と言う顔で問い返してきた。

「タクシー」

「馬鹿か」

僕の問いに、桐生は珍しく吹きだすと、そのまま大きな声で笑いはじめた。

「なんだよ」

「つまらない接待に腹も立ったが、たまにはいいな」

笑いながら桐生が再び僕の背を抱いてくる。

「なんだよ」

「お前にそこまで妬《や》いてもらえるなら、ベタにキスマークでもつけてもらえばよかったってことさ」

くすくすとおさまらない笑いのままに、桐生が再び唇を落としてくる。またも二人の間で立ち昇った甘い香りと、そこまで笑われてしまったことに対する恥ずかしさとで、僕は今度も彼の胸を押しのけその腕から逃れようとした。

「ご機嫌を直していただくには、シャワーを浴びてくるしかないかな？」

ぱちりと、それこそどんな一流ホステスも見惚れるであろうウインクを投げかけてきた桐生が笑うのに、

「別に」

とそっぽを向いたのは、僕の精一杯の負け惜しみだった。

「御意のままに致しましょう」

またも込み上げてきたらしいくすくす笑いを隠そうともせず、桐生がネクタイを外しながらバスルームへと向かう。と、何か思いついたように彼は足を止め、僕を振り返ると、

「明日が休みだということに感謝しろよ」

とふざけたように笑い、シュルリ、と自分のネクタイを引き抜いた。

「え？」

咄嗟《とっさ》のことで意味がわからず問い返した僕に、

「そこまで可愛《かわい》く妬いてみせたんだ。今夜はどうなるか覚悟しておけ、という意味だ」

と笑いながら桐生が踵を返し、バスルームへと歩いてゆく。

「き、桐生」

いや、そういうつもりじゃ、と今更言っても遅いというのは、彼のモットーが『有言実行』だと知ってる僕には自明のことだったが、それでも一応そう追い縋《すが》ってみせると、

「そうだ、どうせだから一緒に浴びるか？」

と桐生は再び足を止めて僕を振り返り、またも惚《ほ》れ惚《ぼ》れとするような笑みを向けてきたのだった。


一緒にシャワーを浴びようという彼の言葉を、僕はてっきりジョークなのかと思っていたが、

「わかってないな」

と桐生に一蹴《いっしゅう》され、わけがわからないうちにそのまま洗面所へと連れ込まれてしまった。

「今まで俺がその手のジョークを言ったことがあったか？」

言われてみれば、桐生が『したい』もしくは『しよう』といったこの手の誘いは、すべて実践させられてきたなと、納得している僕の前で素早く衣服を脱ぎ捨てた彼は肩越しに僕を振り返ると、

「早くしろよ」

と一言残し、先にバスルームへと消えた。

「…………」

納得したものの了承したわけじゃないんだけどなあ、と思いながらも僕の手は自分のシャツのボタンにかかっていた。一緒にシャワーを使うのは初めてというわけでもないし、まあ、いいか、というこの諦めの良さが桐生を図に乗らせるんだろうかなどと思いながらも僕も手早く服を脱ぎ捨てると、早くもシャワーの迸《ほとばし》る音が聞こえていた浴室のドアを開き、中へと足を踏み入れた。

湯気に煙るバスルームで、僕に背を向けシャワーを浴びていた桐生が振り返り、にっと笑いながら右手を伸ばしてきた。相変わらずの均整の取れた見事な体軀《たいく》は、こんな明るい中で見るとまたいっそうの迫力があり、薄い自分の胸とのあまりの差に思わず溜め息が漏《も》れてしまう。

「来いよ」

焦《じ》れたような声で桐生はそう言うと、一歩僕の方へと足を踏み出し腕を摑《つか》んだ。そのまま迸るシャワーの下へと引っ張り込まれ唇を塞がれる。

「……っ」

背中にあたる湯が思いのほか熱く、身体を竦ませた僕を抱き締めながら、桐生は僕の唇を塞ぎ続ける。互いに舌を絡め合う濃厚なキスが僕から呼吸を奪い、立ち昇る湯気の中で息苦しさを覚えてしまって桐生の胸に手をつくと、桐生は唇を合わせたまま、どうした、というように目を薄く開き、僕のことを見下ろしてきた。

「……逆上《のぼ》せる」

微かに唇を離し、後ろに下がると頭からシャワーの湯が振ってきた。慌ててまた彼の胸へと身体を寄せて湯を避けると「一人で何をやってるんだか」と桐生は笑い、

「逆上せるのはまだ早いんじゃないか？」

などと言いながら湯の当たる僕の背をゆっくりとその手で撫《な》で下ろしてきた。

「……っ」

そのまま両手で双丘を割られたと思ったと同時に、彼の指がそこへと差し入れられる。湯が彼の手を伝い、入り口へと注ぎ込まれるその熱さに息を呑《の》むと、桐生は僕の尻《しり》を片手で摑むようにしながら更にそこを押し広げ、二本目の指を挿入させて激しく中をかきまわしはじめた。

「やっ……」

指が動くたびに湯が流れ込み、流れ出てゆく。気持ちが悪いような、それだけではないような感覚に思わず桐生の首にしがみ付くと、桐生は片手を自分の後ろに回して僕の腕を外させ、なに、と顔を見上げた僕の腰に手を添えて僕の身体の向きをその場で返させた。

「……あっ」

後ろから抱き込まれた体勢になった僕の胸に、熱いシャワーが迸る。胸の突起に間断なくあたる湯が新たな刺激となって僕を昂《たか》め、気づけば後ろを弄《いじ》る桐生の指の動きにつられて自ら腰を揺すりながら、桐生の雄を求めるかのように後ろへと手を伸ばしてしまっていた。勃《た》ちきった桐生のそれが手の先に触れる。

「積極的だな」

くす、と笑われたことで我に返り、慌てて引っ込めようとした手を、後ろに差し入れられていた桐生の手が摑んだ。

「あっ……」

引き抜かれた指を惜しむようにひくつく後ろを持て余し、肩越しに彼を振り返ると、桐生はにやりと笑って摑んだ僕の手を自分の雄へと導きながら囁《ささや》いてきた。

「欲しいか？」

「……馬鹿」

ベタな台詞《せりふ》に呆れてみせたはずが、やたらと声が掠れてしまった。喘《あえ》いでいるとしか思えないなと唇を嚙《か》むと、桐生は可笑《おか》しそうに笑ったあと、

「素直じゃないな」

と言いながら僕の手を離し、おもむろに猛《たけ》る雄を僕の後ろへと挿入させてきた。

「あっ……」

今度こそ本当に喘いでしまいながら僕も腰を突き出し、よりいっそう奥へと彼を誘《いざな》う。

「やっぱり素直か」

くす、と笑いながら桐生は僕の腹に回した手に力を込め、その場で激しい抜き差しを始めた。

「あっ……やっ……あっ……」

浴室内に、僕の高い声が反響している。天井から壁から響いてくる己の声に耳を塞ぎたいのにそれどころではなく、崩《くず》れ落ちそうになる身体を支えようと、僕は壁に向かって両手を伸ばした。

「わ」

前に身を乗り出した途端、頭の上から降ってきたシャワーの湯に目を塞がれる。頭からシャワーを浴びながらも壁に両手をついた僕の腰を更に自分の方へと引き寄せながら、桐生は激しく腰を動かし、もう片方の手で勃ちきった僕を扱《しご》き上げた。

「……っ」

思わず声を上げそうになった僕は、口を開いた途端に湯が流れ込んできたことで咳《せ》き込みそうになってしまった。桐生はすぐにそれに気づいてくれたようで、後ろから手を伸ばし、シャワーの向きを少し変えてくれる。

礼を言おうとしたが、更に激しくなった突き上げに、感謝の言葉は高い喘ぎへと飲み込まれてしまった。

「あっ……はぁっ……あっあっ……」

浴室の壁のタイルの上に立てた爪《つめ》がすべり、身体が崩れ落ちそうになるのを、しっかりと腹に回した手で支えてくれながら、桐生が一段と深い所にその雄を突き立ててきたその瞬間、僕は彼の手の中で達し、目の前のタイルに白濁した液を飛ばしてしまった。

「あっ……」

桐生も同時に達したようだ。ずしりとした精液の重さを感じ、ゆっくりと顔を上げて肩越しに振り返ると、桐生がシャワーに向かって手をのばそうとしているのが見えた。

「…………」

はあはあと整わない息の下、なんとなく彼の動きを目で追っていると、シャワーを摑んだ桐生は湯の出る先を真っ直ぐに僕の胸へと向けてきた。

「やっ……」

痛いほどの勢いの湯が、達したばかりで敏感になっている胸の突起に浴びせかけられる。身体を捩《よじ》って逃げようとするのに、桐生はそれを許してくれず、後ろからしっかりと僕の身体を抱き締めながら更に湯を浴びせかけてくる。

「……あっ……」

胸への刺激が、僕の下肢《かし》にまたじわじわと快楽の兆しを伝えはじめる。内腿《うちもも》が震えはじめた気配で僕の昂まりを察した桐生がくすりと笑い、手にしたシャワーをぐるりと動かし胸の突起に近づけてきた。

「……やっ……」

たまらず捩った身体を強い力で抱き寄せながら、桐生が僕の耳へと唇を寄せ囁きかけてくる。

「どうする？」

「……え？」

何が、と振り返ろうとする僕に桐生は、

「ここでもう一回するか、ベッドに行くか」

そう囁きながらまたシャワーの先端を胸へと近づけた。

「あっ……」

びくん、とまた身体を震わせた僕の背で、桐生がくすりと笑いを漏らす。

「……ここ、ね」

了解、と囁く桐生を肩越しに睨みつけると、

「小道具に頼るのもなんだからな」

桐生はそんなふざけたことを言ってシャワーを戻し、かわりに掌《てのひら》で僕の胸を撫で上げたの

だった。

バスルームで散々桐生にいいようにされたあとベッドでも執拗《しつよう》に攻められ、一応してはいた『覚悟』をはるかに超える行為に、とうとう意識を飛ばしてしまった僕がふと目覚めたのは、深夜三時を過ぎた頃だった。

「…………」

喉《のど》が渇いたな、と身体を起こそうとしたとき、後ろから僕を抱き締めるようにして寝ていた桐生を起こしてしまったらしい。

「どうした」

眠そうな声で囁きながら、まだ僕の胸を撫で上げてくる彼の手を押さえ、

「水……」

とひとこと言って身体を離すと、

「待ってろ」

起きてから数秒しか経ってないとは思えないはっきりした口調で桐生は僕の耳元に囁き、僕より前に身体を起こしてベッドを降りようとした。

「いいよ、自分で行くから」

「遠慮するな」

全裸のままドアの方へと歩いていく桐生の後ろ姿に見惚れているうちに彼は部屋を出て行ってしまい、悪かったな、と反省しつつ僕は身体を起こし、毛布に包《くる》まるようにして彼が戻って来るのを待った。

行為の名残で身体の内側は熱を孕《はら》んでいるのに、外気に触れる肌は冷たく、鳥肌まで立っている。まだ朝晩は結構寒いもんな、などとぼんやりとそんなどうでもいいことを考えているうちに、桐生が片手にエビアンを二本提げて戻ってきた。

「ほら」

「ありがとう」

毛布から手を出した僕に、桐生が片方の眉《まゆ》を上げるようにして「寒いのか？」と問いかけてくる。

「少し」

「ふうん」

桐生は立ったまま手にしたエビアンをあけてごくりと一口飲むと、ベッドサイドのテーブルにまた蓋《ふた》をして置き、再びベッドに潜り込んできた。僕もごくごくと持ってきてもらったエビアンを飲む。渇ききった喉に冷たい水が染み渡るのは心地よかったが、ペットボトルを

半分ほど開けたあたりから寒くなってきてしまった。蓋をしめていると、

「もういいのか」

と横から桐生の手が伸びてきて、僕からペットボトルを取り上げ、ベッドサイドのテーブルに置いてくれた。そのまま戻ってきた彼の手に抱き寄せられる。

「寒いのか？」

身体が微かに震えていたからだろうか、またも意外そうな声で桐生が囁いてきたのに、

「少しね」

さっきと同じ答えを返すと、何を思ったか彼の手が僕の背を滑り、腰へと下りてきた。

「あ…っ」

身体を捩るより前に彼の指が、さきほどまで彼を受け入れていた場所へと差し入れられる。長い指に奥を抉《えぐ》られ、思わず声を漏らした僕に、

「お前の中はこんなに熱いのにな」

くす、と笑いながら桐生はまた僕の腰を抱き寄せ、更に奥を抉った。

「や……っ」

内壁が彼の指を締め付けるのがわかる。先ほどまでの行為で精も根も尽き果てているはずなのに、彼が指を動かすたびに僕のそこはまるで別の意志を持つかのようにひくひくと蠢《うごめ》き、その指に纏《まと》わりついてゆく。

「寒いと言うのならウォーミングアップにもう一度やるか」

「……カンベンしてください」

もう限界だと、僕は無理やり身体を捩り、彼の腕から逃げ出した。

「まだまだ余裕だろうに」

桐生は片肘《かたひじ》をついて寝転がると、再び毛布に包まった僕ににやりと笑いかけてくる。

「……余裕なんてあるわけ……っ」

ないじゃないか、と言いかけたところで毛布ごと抱き寄せられ、まさかこのまま彼の『余裕』を見せ付けられてしまうのかと顔を強張《こわば》らせると、

「なんて顔をしてるんだ」

桐生は笑って僕から一旦毛布を剝《は》ぎ取り、裸の胸を合わせたあとにまたばさりと毛布を被せてくれた。

「もう少し体力つけた方がいいな」

「いや、充分《じゅうぶん》でしょう」

あわせた胸が温かい。呼吸とともに微かに上下するその震動もなんだか心地よくて、僕は彼の胸の上で再び眠りの世界へと落ち込んでいきそうになっていた。桐生が僕の髪を梳《す》いてくれる、その優《やさ》しい指の動きが益々《ますます》僕を眠りへと誘う。

「……する？」

うとうとしかけたとき、桐生が何か言ったような気がして、殆ど寝そうになっていた僕は無理やり目を開け、桐生の顔を見下ろした。

「……え？」

「なんだ、もう寝てたのか」

桐生はそう笑ったあと、また僕の髪を優しい手つきで梳き上げた。

「連休は結局どうしようか、と言ったのさ」

「……そうだね……」

どうしよう、と考えようと目を閉じると、やはりそのまま眠りそうになってしまい、無理やり目を開けてみる。と、髪を撫でていた桐生の手が、寝てろ、というようにそっと瞼《まぶた》を覆ってくれた。

「……まあ今年は飛び石だしな。無理して出かけることもないかもな」

「うん……」

彼の作ってくれた暗闇《くらやみ》が何ともいえない安堵《あんど》を呼び、再び僕を眠りの世界へと導いてゆく。

「……ずっと二人でここに籠《こ》もって、朝から晩まで抱き合っているというのもいいな」

くす、と笑いながら囁いてきた桐生の声を夢うつつで聞いていた僕の脳裏に、微笑《ほほえ》み合いながら互いの背を抱き合う、僕たち二人の姿が浮かんだ。

想像の中の二人の世界はあまりに幸福感に満ちていて、あわせた身体の温もり以上の温かな思いが僕の心に溢れてくる。

二人きりで、何処へも行かず、誰にも邪魔されずに過ごす休日――これ以上に贅沢《ぜいたく》な休日があるだろうか。

半分眠りながらも微笑んでしまった僕の髪を、桐生の指は飽きることを知らないように柔らかな手つきで何度も梳いてくれる。

「……たまにはそんな休みもいいな」

ひとりごとのようにそう言う彼の言葉に頷いてみせると、桐生は、

「なんだ、まだ起きていたのか」

と少し驚いたような声を出し、僕が寝やすいようにと僕の身体を抱き直した。

「…………」

有難う、と口を開こうとしたが睡魔に負け、彼の胸に顔を埋めた僕に、桐生は、そうだ、と、笑うととんでもないことを囁いてきた。

「いつでもその気になれるよう、三日間裸で過ごすっていうのはどうだ？」

「……え？」

思わず眠気も吹っ飛び、目を開いた僕に、

「冗談だ」

と桐生が笑う。本当に冗談だろうか、と案じてしまったのは、『この手のジョークを言っ

たことがない』ことを先ほど認知させられたばかりだったからなのだが、そんな僕の心中を知ってか知らずか、桐生は心配に眉を顰《ひそ》める僕の身体を抱き締めながら、

「楽しい連休になりそうだ」

とそれこそ楽しげな笑い声を上げ、僕の髪に顔を埋めてきたのだった。

2

ぽつんと入った火曜日の休みは、予想通りごろごろと何もしないままに過ぎていった。後半の四連休の予定は結局立たず、まあ気が向いたらゴルフかドライブにでも行こうか、ということで桐生との間で話はついたが、この分だとそれこそ全日を家で過ごすことになりそうだと僕は気だるい身体を持て余しつつ密《ひそ》かに溜め息をついた。

ゴールデンウィークの間の平日三日は、やはりなぜかいつも以上に慌しく過ぎていき、ようやく金曜日の夜を迎える頃には、一週間まるまる出たときより疲労が蓄積されているような気がした。

皆も同じだったようで、八時過ぎにはそろそろ帰ろうという雰囲気《ふんいき》になり、僕もパソコンを閉じかけたとき、画面に新着メールの表示が映った。こんな時間に、何かトラブルではないといいんだけれど、と思いつつ画面を見ると同期の尾崎《おざき》からで、『おかえりコンペ』というわけのわからないタイトルがついている。なんだ、とメールを開いた途端、僕は思わず、

「え？」

と声を上げ、周囲の注目を集めてしまった。

「なんだ？」

帰り支度も整った同じ課の石田《いしだ》先輩が僕に声をかけてくる。

「いや、田中《たなか》が……」

「田中？」

石田先輩は驚いた声を上げ、僕の後ろへと回り込んでパソコンの画面を覗き込んできた。

僕も石田先輩と一緒にもう一度、尾崎のメールを読み返す。

『田中一時帰国！

親父《おやじ》さんが倒れたとのことだが、たいしたことはなかったらしい。明後日まで実家で、五日にメキシコに帰国。ＡＩＲは夕方なので、ＧＷヒマにしてる面子で田中を囲まないか？

河川敷でゴルフでも、と考えてるが、そんなに時間はないかも？　長瀬《ながせ》は五日は来られるか？』

「なんだ、田中、帰ってたなら連絡の一つも寄越せばいいものを」

ラグビー部の先輩でもある石田先輩が憤慨しているのに、僕も「そうですね」と相槌《あいづち》を打ちながら、尾崎のメールに返信しようとキーボードへと手をやった。

それにしても田中はいつ日本に帰ってきたというのだろう。お父さんが倒れたというが、本当に大丈夫なのだろうか。色々と聞きたいことはあったが、どうせなら直接聞いてやれ、と僕は尾崎に、

『五日は了解。田中の連絡先を教えてくれ』

と返信した。暫《しばら》く待ったが尾崎からの返信はない。電話で聞くか、と僕が携帯を取り出した瞬間、携帯が着信に震え、表示を見るとその尾崎からだった。

「もしもし？」

『ああ、長瀬、メールサンキュー。驚いたろ？　俺も驚いたよ』

「驚くもなにも、水臭いよな、田中も。いつ帰ってきてたんだ？」

『水曜日の夕方成田着らしいぜ。その足で実家に……えーと、静岡か？　に戻ったんだってさ』

「お父さんが倒れたって……大丈夫なのか？」

『ああ、あまり詳しくは聞いてないんだが、風呂場で倒れたそうだ。おふくろさんは脳梗塞《のうこうそく》かと思って田中を即呼び戻したんだが、命に別状はなかったらしいよ。まあ手術にはなったそうで、ようやく落ち着いたといってさっき電話があったんだ』

「じゃあ今はまだ静岡？」

『ああ。それはメールに書いただろ？　四日までは静岡、五日にメキシコ帰るって』

呆れたように尾崎に言われ、そうだった、と僕は自分のぼんやりさ加減を少々恥ずかしく思った。田中が帰国しているというニュースに、自分でも気づかぬうちに浮き足立ってしまっていたらしい。

それにしても本当に水臭い。今日はもう金曜日、水曜日の夕方に帰国しているのなら、電話の一本くらい入れてくれてもいいじゃないか、と思ったが、父親が倒れて手術となるとそれどころではなかったのだろうなと僕は自分を納得させようとした。が、一方で、何故《なぜ》田中が尾崎にだけ連絡を入れてきたのかが気になって、僕はつい、本人に尋ねてしまった。

「なんで尾崎のところに連絡が行ったんだよ?」

『いやん、ジェラシー?』

途端にふざけたオカマ声になった尾崎は、あはは、と笑うと、

『偶然なんだよ、偶然』

と、また普段の声に戻り、その『偶然』を説明しはじめた。

『水曜日の夜、東京駅でばったり田中に会ったんだよ。あまり時間がなかったようだから、俺の携帯に電話くれって言って別れたんだけど、ほんと、びっくりしたぜ』

「へえ……」

そうだったんだ、と今度こそ納得した僕に尾崎は、

『田中の連絡先だったよな。田中、もう携帯は解約してるそうで、実家の電話番号教えてくれたんだけど、それでいいか?』

と、僕の打ったメールを忘れずにいてくれたらしく、番号を言い始めた。

『皆集めるって言ったら、連休中だから無理するなって伝えてくれってさ』

「サンキュ」

『また詳細決まったらメールするわ。モバイル持って帰るだろ？』

「うん。頼むよ」

それじゃまた五日に、と言って尾崎は電話を切り、僕はメモった田中の電話番号を改めてしみじみと見つめてしまった。

田中が日本を去って既《すで》に八ヶ月余りが経《た》つ。メキシコ赴任直後はよくメールのやりとりもしたものだが、最近では時々思い出したように仕事のメールのコピーが落ちるだけになっていた。

彼も慣れぬ海外の地で忙しいのだろうと気を遣いあまり連絡をしないようにしているうちに、気付けば疎遠になってしまったということなのだろうか。以前の田中と僕の仲だったら、帰国が決まった時点ですぐに連絡をくれたと思うのだけれど、と僕は考えかけ――『以前の彼との仲』をあらためて認識し、そうか、と小さく溜め息をついた。

メキシコに赴任する前、田中は僕を『愛している』と言った。

僕の気持ちが桐生にあることを承知した上で、彼は僕にそう告げてくれたのだった。多分そのときから、僕たちの関係は『友情』という枠を超えざるを得なくなったのだろう。二人の間に何かがあったという事実はなかった。が、意識の上で、多分田中にとっての僕は既に『友人』というカテゴリーに入れておくことができなくなったのかもしれない。

もしかしたら、田中が帰国を誰にも知らせなかったのは僕に知られることを嫌がったからではないだろうか——メモ用紙を見ながらぼんやりとそんなことを考えてしまっていた僕は、あまりに自意識過剰な自分の考えに思わず苦笑してしまった。

ここのところ田中からの私信はない。地球の裏側という距離が彼の僕への思いを変じさせたと見るのが自然だろう。前に彼が言っていたように、ラテン系の美人と楽しい毎日を送っているかもしれないというのに、『僕に会いたくないから帰国を知らせなかった』なんて、まるでまだ彼が僕への想いを引き摺《ず》っていると自分で言っているようなもんじゃないか、と、自分の己惚《うぬぼ》れが恥ずかしくなる。

電話をしてみようかな、と僕はメモを見ながら携帯でかけはじめた。二度のコールのあと、

『はい』

という女性の声が応対に出た。田中のお母さんだろう、と僕は慌てて名乗ると、

「田中君、いらっしゃいますか?」

と尋ねた。

『ああ、長瀬さん、いつぞやは成田までお見送りくださいまして、有難うございました』

お母さんは明るい声でそう言うと、ちょっとお待ちくださいね、と電話を保留にした。ああ、お父さんのお見舞いを言えばよかった、と僕は今更の後悔をしながら、田中が電話に出るのを待った。二十秒ほど『エリーゼのために』を聞いたあと、

『もしもし？』

あまりに懐かしい田中の声が電話の向こうから聞こえてきて、僕は思わず、わかっていながらの呼びかけをしてしまっていた。

「田中か？」

『長瀬か、久し振りだな。元気か？』

田中の声も元気そうだった。この分だと先ほど尾崎が言っていたように、お父さんの具合はそれほど悪くないのだろう。

「僕は元気だけどさ、聞いたよ。親父さん、大変だったんだって？　どうなんだ？」

『ああ、風呂で倒れたとき頸椎《けいつい》を打ったらしくてね、一時は手足がきかなくなるかもと言われてたらしいんだが、手術も成功したし、それほどの後遺症は残らないみたいだ』

田中はそう答えると『心配かけてすまなかったな』と申し訳なさそうな声で僕に詫《わ》びた。

「そうか。よかったな……よかった、っていうのは変かな、えーと……」

大変な手術だったとは思うのだが、命に別状はなくてよかった、と言いたかったのだけれど、うまい言葉が見つからなくてそう口ごもった僕に、

『相変わらずの気遣《きづか》いありがとう』

と田中は声を上げて笑ったあと、

『容態も落ち着いてきたから、帰国までに一日遊ばせてもらうことにしたよ。尾崎に聞いた

か？』

　と更に明るい声で尋ねてきた。

「ああ、五日だろ？　ゴルフって言ってたけど、時間あるのか？」

『四日の夜、東京に出て寮に泊まらせてもらうからな、多分大丈夫だろう』

「メキシコじゃ結構回ってるの？」

『まあぼちぼちな。高地だから最初は息苦しくて困ったよ』

　直接話すのは——まあ電話だけれど——久し振りだからか、なかなか話題は尽きなかったが、ちょうどそのとき二十一時半のチャイムの音が僕の周囲で鳴り響いたものだから、田中は、

『なんだ、まだ会社だったのか』

　すまなかったな、と電話を切ろうとした。

「じゃ、また五日に」

『おう。楽しみにしてるよ』

　挨拶《あいさつ》を交わし、僕も電話を切ろうとしたとき、田中が何か言いたそうに一瞬黙った。

「なに？」

　耳から離しかけた携帯をまた戻し尋ねると、田中は、いや、と一度は言葉を濁したあと、なんでもないことを言うような口調でこう告げた。

『連休中、もしどこかに出かけるんなら無理しなくていいぞ』

「え……？」

『折角のゴールデンウィークだ。予定があるなら俺のことは気にしなくていいからな』

「…………」

僕は一瞬なんと答えようかと迷い、無言で電話を握り締めた。

『それじゃな』

僕の逡巡《しゅんじゅん》を見抜いたかのように、田中は敢《あ》えて作ったような明るい声を上げると、そのまま電話を切ろうとした。

「大丈夫だから」

答えた僕に、田中は一瞬黙ったあと、また『じゃ、また』と笑って電話を切った。ツーツーという発信音が耳に押し当てた携帯から聞こえてくる。

「…………」

僕は再び手の中の、田中の電話番号を書いたメモを見やると、はあ、と大きく溜め息をつき、電話を切った。

田中は——何が言いたかったのだろう。

自身に問いかけるまでもなく、僕にはその答えがわかっていた。最後まで名前を出すことはなかったが、彼が案じていた僕の連休中の『予定』は、桐生とのことを指していたに違いない。

それがどういう意味を持つのか、それともまるで意味などない、単なる彼の気遣いなのか――それをつきつめて考えることはどうにも僕にはできなかった。

帰るか、と僕は携帯とメモをポケットに仕舞うと、パソコンの電源を落とし、立ち上がった。

「田中に宜《よろ》しくな」

帰りしな声をかけてくれた石田先輩に頭を下げ、一人エレベーターホールへと向かう。

そうだ――桐生に、五日出かけることを言わなければいけないな。

エレベーターを待ちながら浮かんだその考えに、自棄《やけ》にどきりとしてしまう自分の心を持て余し、軽く頭を振って余計な考えを追い出そうとしたのだけれど、あまりうまくはいかなかった。

地下鉄の中でも僕は、気づけば桐生にどう切り出そうかとそればかりを考えてしまっていた。それこそ自意識過剰じゃないかと思いながらも、僕は田中帰国の報が桐生と過ごす休日に、ある種の影を差すのではないかと案じずにはいられなかった。

マンションのドアを開けたとき、部屋の灯《あか》りがついていることに驚いた。休みの前日でもあるし、桐生は絶対に深夜だろうと踏んでいたのだけれど、と思いながら僕は、

「ただいま？」

とリビングへと入っていったが、桐生の姿は見えなかった。耳を済ませてもシャワーの音は聞こえない。自分の部屋かな、と彼の部屋のドアをノックすると、中から桐生の返事が聞こえた。

「ただいま」

かちゃ、と扉を開けて中を覗《のぞ》き込むと、デスクに向かっていた桐生が肩越しに振り返り、

「意外に早いな」

と笑ってきた。

「桐生こそ」

「まあ早いんだか遅いんだか……」

デスクの傍《そば》まで近寄り、肩越しに彼の手許《てもと》を覗き込むとモバイルで英文のメールを打っていたようだった。

「またいつテロが起こるかわからないからな。何処へ行くにもモバイルは手放せない」

ぶすりとした口調で桐生はそう言うと椅子を回して僕の腕を摑み、そのまま自分の膝《ひざ》へと横向きに腰かけさせた。

「なに？」

「……いや……」

桐生の手が僕のスーツのボタンにかかる。彼が少し不機嫌そうな様子であるのは、多分『家に仕事を持ち込まない』という彼のモットーに反することを自分がしてしまっていることに苛ついているからに違いない。

僕なんかは彼ほど要領よく仕事ができるわけではないので——というか、とても足元にも及ばないレベルなので、よく家に仕事を持ち帰ってはパソコンに向かってしまうのだが、そんなとき桐生は必ずといっていいほど嫌な顔をした。

「オンとオフのけじめがつけられない時点で、効率よく仕事を上げるという努力を放棄している」

などと厳しいことを言う彼が、たとえ緊急事態だからといっても僕に対し持ち帰った仕事をやっているところをみせるのは面白くないのだろう。意外に子供っぽいところもあるな、と、ついくすりと笑ってしまった僕に、

「なんだよ」

桐生は益々不機嫌そうな顔で言いながら、ネクタイを邪魔そうに手で払いシャツのボタンを外しはじめた。

「またテロ、あったの？」

話をそらせようと、彼の肩越しにパソコンの画面を見ると、

「ああ。規模は小さいが頻発してるらしい」

と桐生は頷きながらもボタンを外す手を止めない。

「メシは？」

「まだだ」

「僕も」

「…………」

桐生の手が漸《ようや》く止まる。二人暫《しば》し顔を見合わせたあと、

「何か作るか」

と桐生が僕の背に腕を回して立ち上がろうとしたのと、僕が桐生のシャツのボタンに手をかけたのが同時だった。

「……おい」

「そんなに腹、減ってないし」

俯いたまま彼のボタンを外し続ける僕の手を、桐生の手が摑んで止めさせる。

「なに？」

「食欲より性欲か？」

にや、と笑って唇を寄せてきた彼の首に、

「誰のせいだよ」

と言いながら僕は両腕を回し、彼の唇を受け止めた。焦《じ》らすようになかなか舌を絡めてこないキスに、僕の方が積極的になり、彼の口内を侵そうと舌を差し入れる。

いつにない可愛い――などと言うと真剣に桐生には怒られそうだが――顔を見せてくれた彼に欲情してしまっていたのは事実で、僕は彼と唇を合わせながら一旦その膝から立ち上がり、そのまま彼の体を跨《また》ぐように座り直した。

「……一体どうしたんだか」

微かに唇を離した桐生が、呆れたようにそう囁《ささや》いてくる。口調とは裏腹に彼の手は先ほどボタンを外したシャツを上着ごと脱がせ、続いてTシャツをも僕から剝ぎ取った。ベルトを外され、スラックスを下着ごと下ろそうとするのに、立ち上がって手を貸し、全裸になった僕は今度は桐生の番だと先ほど外しきれなかった彼のシャツのボタンに手をかけ脱がす。

「待ちきれないいんじゃないか？」

くす、と笑った桐生が、そんな僕の背から腰へと両手を下ろし、双丘を同時に割ってきた。

「や……っ」

いきなり指を差し込まれ、乾いた痛みが僕を襲う。思わず彼にしがみ付いたために自然と腰が浮いてしまったのをいいことに、桐生は入れた指を乱暴なくらいの力で動かしはじめた。

「……やっ……」

痛みは直ぐに去り、じわじわと下肢からなんともいえない感覚が這《は》い上ってくる。浮いた腰が彼の指の動きにあわせて揺れてしまうのが自分でもわかり、羞恥《しゅうち》と、その羞恥故の昂まりが、僕の鼓動を上げさせていた。彼の服に擦《こす》られ、僕の雄は既《すで》に勃ち上がりつつある。それがわかるからだろう、桐生は指でそこを弄《いじ》りながら、ぐいと僕の体を自分の方へと引き寄せ、更に前を擦ってきた。

「あっ……」

彼の服が汚れる、という理性は既に僕の中から飛んでいた。後ろを弄る指がいつのまにか二本に増え、それぞれの指がばらばらに僕の中で動き回る。僕は己の雄を摺り寄せ桐生に自分の希望を伝えようとした。

「挿れるか」

すぐに察してくれた桐生が、くす、と笑いながら自分のスラックスのファスナーを下ろし、間から勃ちきったそれを取り出してみせる。

「……あっ……」

爪先《つまさき》立ちになって腰を浮かせ、彼が握るそれをゆっくりと収めながら腰を下ろしてゆく。指で散々弄られたそこはずぶずぶと彼の雄を呑み込み、更に奥へと導くかのように、僕の意識を超えた所でひくひくと卑猥《ひわい》に蠢いていた。

「動けよ」

そう言いながら桐生が腰を突き上げてくる。

「あっ……」

普段よりずっと奥を抉られるようなその動きに、僕は思わず高い声を上げてしまいながら、彼の首に縋《すが》りついた。

「ほら」

ぴしゃ、と桐生が軽く僕の裸の尻を叩く。彼にしがみ付きながら僕は彼の突き上げのリズムに合わせるように、自ら身体を上下させていった。

「あっ……やっ……あっ……あっあっ」

次第に自分で自分がコントロールできなくなってくる。脚が吊《つ》りそうだなと思ったときにはまだしっかりしていた意識が、桐生が僕の腰を持ち上げ、乱暴に下へと下ろすことで更に奥深いところを抉ってくる、もう何も考えることができなくなった。

「やっ……あっ……あっ……はぁっ……」

激しく動いているのが自分の意志なのか、桐生の手によるものなのか、わからぬうちに僕は髪を振り乱し、大きく背を仰《の》け反らせて——ついに耐えられずにその場で達してしまった。

「……っ」

桐生が低くうめいた、と同時に後ろに迸る彼の精液を感じ、僕は荒い息の下、縋りついていた彼の首から手を解《ほど》き、彼の唇を求めて顔を近づけていった。

「……随分興奮してたじゃないか」

にや、と笑って囁いてくる彼の息も荒い。

「さすが食欲より優先させることはある」

「……意地悪だな」

はあはあと息を吐き出しながらもそう彼を睨み下ろすと、

「服を汚された意趣返しだと思ってくれ」

と、桐生は僕の精液の飛んだスラックスを示してみせた。

「……ごめん」

「本気にするな、馬鹿」

くす、と笑った桐生が、後ろに入れたままになっていた彼の雄で再びゆっくりと突き上げてくる。

「……あっ……」

たまらぬ気持ちのままにまた彼の首に縋りついてしまった僕の裸の背中に腕を回しながら、桐生は、

「食欲にはもう少し待ってもらうか」

と囁くと、その指先で僕の背を、つうっと撫で上げたのだった。

結局僕らが食卓についたのは、それから半時ほど経ったあとになった。服を着ようとした僕を、桐生は、

「そのままでいいじゃないか」

と笑いながら抱き上げてテーブルまで運び、全裸のまま食事をしろなどと言ってきた。さすがにマニアックすぎるその要請を受けることはできず、Tシャツとトランクスだけ身につけて僕は桐生の用意してくれた夕食を食べ始めた。

「全裸で過ごすゴールデンウィークじゃなかったのか」

本気なんだか冗談なんだか、桐生がしつこくそう言ってくるのに、

「まず桐生が脱げよ」

と、僕の汚したスラックスを脱ぎ、新しい服を身につけた彼を睨む。

「お前が脱ぐなら脱ぐさ」

「脱ぐ」

「そうか?」

桐生は笑ってフォークを置くと、いきなりシャツのボタンを外しはじめた。

「い、今じゃなくても……」

慌てて僕がそう言った途端、桐生が堪《こら》えきれないように吹き出した。

「……からかったな」

やられた、と睨んだ僕の顔を、

「脱げと言ったのはお前だろう？」

くすくすと笑いながら覗き込んできた桐生は、ふっと目を細めるようにして微笑むと、低い声で囁いた。

「こんな風に休日を過ごすのも悪くないな」

「…………」

休日——途端に僕の脳裏に、五日に予定が入ってしまったことを彼に告げなければという考えが蘇《よみがえ》る。しまった、最初に言っておけばよかった、と思っても後の祭りだった。しかもその予定は——。

「どうした？」

僕の様子を訝《いぶか》ったのだろう、桐生の眉が微かに顰められる。

「……いや……」

正直に言えばいいことなのに、僕はまた彼の名を——田中の名を口にするのを躊躇してしまっていた。

かつて桐生が僕に告げたことがある。

田中だけは——特別だ、と。

同じ思いを未だに彼が抱《いだ》いているのか、あれ以来、田中の話を彼としたことはなかったけれど、もし、まだ桐生が田中に対して何か拘《こだわ》りを持っているとしたのなら——。

「長瀬？」

立ち上がった桐生の手がテーブルの向こうから僕の頬へと伸びてくる。

「桐生」

その手を握り締めながら、僕は彼の目を見返し——。

「……なんでもない」

結局何も言うことができず、微笑んで彼から目を逸らせた。

「…………」

痛いくらいに桐生の視線を感じる。が、僕は再び「何でもない」と笑うと、彼の手をぎゅっと握り締めた。

田中に対して拘りを持っているのは桐生じゃない、僕だ。

それに気づいてしまった今となっては、その田中に会うために出かけると桐生に告げることが、僕にはどうにもできなくなってしまったのだった。

翌日、日が高くなってから起きだした僕たちは、だらだらと食事をしたり、一緒にテレビを見たり、不意に思い立ってソファの位置を変えて部屋の模様替えをしたりして、いつもの休日より余程のんびりした一日を過ごした。

夕方になってから、たまには外で食事でもしようかと桐生に誘われたが、なんだか出かけるのが億劫だったのでデリバリーの料理を頼んだ。

「本気で一歩も出ない気か？」

呆れた声でそう言いながら、桐生が僕の髪を撫でる。

「そういうわけじゃないけど」

まるで犬か猫のように、桐生が座るソファを背にして僕は床に座り込み、彼の膝に頭を乗せていた。何故だか今日は、いつも以上に彼の傍に纏わりついてしまっている気がする。普段スキンシップを求めるのはどちらかというと桐生の方なのに、今日は何かというと僕は彼のあとを追い、なんでも彼と行動を共にしようとしていた。

きっと僕は、後ろめたかったのだと思う。田中が帰国していること、彼に会うために休みの三日目は出かけようとしていることを、桐生に告げることができないでいることが――勿《もち》論《ろん》田中に対して友情以上の思いは抱いていないし、桐生に対して疚《やま》しいことなど何一つないのだが、それでも田中の名を出すことを憚《はばか》ってしまうこと自体が何故だかひどく桐生に、そして田中にも、ひどく後ろめたく感じてしまっていたのだった。

愚図愚図と先延ばしにしていても、三日目はどうしたってやってくる。早く桐生に言ったほうがいい、と囁く声もあれば、まだまだ後にしようと僕の袖《そで》を引く声もあり、結局今日は一日、ずるずると言い出せぬままに夜を迎えようとしている。下手《へた》したら明日も同じように過ごしてしまうんじゃないだろうか、と僕は彼の膝に顔を埋めながら、小さく溜め息をついてしまった。

「どうした」

桐生の手が止まった、と同時に頭の上から物憂げな声が落ちてきた。

「え？」

彼の膝から頭を上げた僕を真っ直ぐに見下ろし、桐生はもう一度、

「どうした？」

と同じ問いをかけてきた。

「……なにが？」

灯りを背にしているので桐生の表情はよく見えなかった。が、声のトーンは穏やかで、少なくとも機嫌が悪いようには聞こえなかった。それでも僕は、なぜだか明後日のことが言い出せず、逆に彼に問い返してしまったのだったが、桐生はそんな僕を、見えぬ表情で一瞬見下ろしたあと、

「なんでもないならいいさ」

というと、そのまま僕の頭の後ろへと手をやり、再び自分の膝へと導いた。

「静かだな」

「うん」

また彼が僕の髪を梳き始める。

今、言わなければ——今を逃せば、益々言い辛くなってしまうことは自分でもいやになるほどわかりきっているのに、僕はどうしても口を開くことができず、彼の優しい手に甘えるように膝に頬を押し当て、じっと目を閉じていた。

と、そのとき、注文していたデリバリーの料理が来たらしく、インターホンが室内に鳴り響いた。

「さて、と」

桐生が僕の髪を撫でていた手で、軽く背中を叩く。立て、ということだろう。

「明日は料理にでも挑戦するか」

わざと馬鹿にしたような口調でそう言い笑って見せた桐生の瞳に、一瞬翳《かげ》りの色を見たような気がしたのは——僕の気のせいだったのかもしれない。

「教えてよ」

「望むところだ」

二人して軽口を叩き合いながら食事をしたあと、桐生はメールのチェックに自室へと一旦消えた。僕も、たいしたメールは入っていないだろうと思いつつも持って帰ってきたモバイルを開き、メールチェックをしてみる。

と、尾崎から『五日の件』というタイトルのメールが届いていた。他のメールはさておいて開いてみると、

『結局ゴルフ決行。七時に田中を寮に迎えに行く。長瀬も寮で待機するなら拾ってやる』という文面に、ゴルフ場の案内図が添付されていた。

七時——そんな時間に千葉の寮に到着するためには、ここを何時に出ればいいのだろう。ぼんやりとそんなことを考えてしまいながらも、交通手段より何より、もっと先に考えなければならないことがあるということに気付かぬふりをし続けることはできなかった。

そんなに悩むようなことでもないじゃないか、と僕は心を決めると勢いよく立ち上がり、桐生の部屋の戸を叩いた。

「桐生？」

ノックをしドアを開いた部屋の中では、桐生がモバイルに向かっていた。

「なんだ？」

肩越しに振り返った彼の眉間《みけん》に皺《しわ》が刻まれている。

「どうしたの？」

何かトラブルかと思って尋ねると、桐生は自分が不機嫌そうな顔をしているのに気付いたのかすぐに表情を和らげ、

「本社からインドネシアの件でやいのやいのと言ってきているらしい。近々CEOに呼び出されそうだな」

と苦笑しモバイルを片手で閉じた。

「そう……」

またアメリカ出張か——前回の出張のときと同じ寂しさが僕の心に湧《わ》き起こってくる。あのときもたった二週間だというのに、彼と離れ離れになると思うだけで、えもいわれぬ程の寂しさが僕を捉《とら》えたのだった。

それを察した桐生は、たった二週間だというのに、間に一泊三日で帰国するという離れ業をしてのけたのだったが、当の僕は——そのときのことを思い出しかけていた僕は桐生の、

「お前こそどうした？」

という問いかけに、暫しの思考から覚めた。

「え？」

「何か用があったんだろう？」

くるりと椅子を回して、僕と正面から向かい合い、桐生が尋ねてくる。

「うん……」

真っ直ぐに注がれる彼の視線が、また僕の口を鈍らせたそのとき、リビングの机の上に放っておいた僕の携帯が鳴る音が聞こえた。

「ちょっとごめん」

その音に救われたかのように僕は彼の部屋を飛び出す。

『救われた』——頭に浮かんだその単語に、我ながら愕然《がくぜん》としてしまう。そこまで言い辛いことでもないだろうに、と思いながら携帯を取り上げ、着信を見ると尾崎からだった。

「もしもし？」

『ああ、長瀬、休みのとこ悪いな』

「いや、メール見たよ。返信しようと思ってたんだけど……」

『それどころじゃないんだよ』

尾崎の口調が酷《ひど》く慌てていることに、僕はそのとき初めて気づいた。

「どうした？」

『今、田中から連絡があってな、親父さんの容態が急変したらしい』

「なんだって!?」

尾崎の言葉に僕はそれこそ驚いて、大きな声を上げてしまった。術後の経過が順調だから、一日早く東京に出てくると言っていたのではなかったか、と電話を握り直し、

「急変って？」

と尾崎に問いかける。

『詳しいことはわからないが、どうやら病院側の治療にミスがあったらしいんだよ。幸い一命は取り留めたらしい。今、病院を移る移らないでもめてるそうでな、田中もちょっと動けないと言ってきたんだ』

「そんな……」

思いもかけない話に少しも言葉が出てこない。そんな大変な状況で、一体田中はどうしているだろうと心配になり、

「田中、どうだった？」

と様子を尋ねると、尾崎も心配そうな口調で教えてくれた。

『俺に電話ができるくらいには落ち着いたらしいが、やっぱり動揺してたな。それでも、みんなに宜しくなんて言ってくるあたりが田中らしいんだが……』

「そうか……」

電話の向こうの尾崎の溜め息につられたように、僕も大きく溜め息をついてしまう。

『まあそういうことなんで、明後日は中止だ。また何かわかったらメールに入れておくよ』

「わかった。頼むな」

尾崎はこれから吉澤《よしざわ》に電話するから、と慌しく電話を切った。なんてことだ、と僕も電話を切り、再び大きく溜め息をついたそのとき、

「どうした？」

不意に後ろから声をかけられ、はっとして振り返ったそこには、自室のドアに寄りかかるようにして桐生が立っていた。

「あ……」

彼と目が合った途端、何から説明したらいいのかと、僕は言葉を探し黙り込んでしまった。

「田中がどうかしたのか」

淡々とした口調で桐生が僕に問うてくる。

「え？」

聞いていたのか——別に聞かれて疚しいことは何もないのだけれど、と思いながら口を開こうとした僕を前に、桐生は更に驚くべき言葉を口にした。

「帰国しているんだろう？　明後日東京に来るんじゃないのか？」

「……え？」

何故それを——自分でもはっきり顔色が変わったのがわかった。まるで自分で自分の疚しさを証明しているようなもんじゃないか、と思ってしまったのは、僕を見つめる桐生の瞳にはっきりと翳りの色を見たからだった。

「桐生……」

違うんだ、と口を開きかけた僕の言葉にかぶせるように、桐生が言葉を続ける。

「吉澤からメールを貰《もら》った。田中の見送りに行ったとき会ったからだろう、俺と田中が未《いま》だに懇意にしていると思ったらしい。それで俺にも声をかけてくれたのさ」

「それじゃ……」

知っていたのか、と僕は益々言葉を失い、彼の顔を見返すことしかできないでいた。

「……お前がいつ言い出すかと思っていたが」

くす、と桐生が笑い、僕から目を逸《そ》らせて下を向く。

「…………」

ごめん、という言葉が喉元まで出かかったが、それを言うことが何かを壊してしまいそうな気がして、僕は無言のまま、やはり彼から目を逸らせて俯《うつむ》いた。重苦しい沈黙が二人の間に立ち込める。

「……コーヒーでも飲むか」

桐生がそう言い僕の横を通ってキッチンへと向かってゆく。二人の間に微かに起こった空気の動きをやけに冷たく感じてしまうことに愕然としてしまいながらも、これは僕の錯覚なのだと――同じ風の冷たさを、桐生は感じることなく僕の傍らを通り過ぎて行ったのだと――僕は祈らずにはいられなかった。

to be continued

あとがき

はじめまして＆こんにちは。愁堂れなです。このたびは『rhapsody　狂詩曲』をお手に取ってくださり、本当にどうもありがとうございました。

『unison　シリーズ』五冊目となります。長瀬の弟登場編、いかがでしたでしょうか。皆様に少しでも楽しんでいただけましたら、これほど嬉しいことはありません。

水名瀬雅良先生、今回も本当に美麗なイラストをありがとうございました！　美しいカバーイラストに、そして素敵なモノクロイラストに今回も大感激でした！

また、担当のO様をはじめ、本書発行に携わってくださいましたすべての皆様に、心より御礼申し上げます。

今回、あまりにも……なところで「続く」になってしまいましたので、この「あとがき」のあとにラブラブエロエロショートを入れさせていただきました。こちらも併せてお楽しみいただけると幸いです。シリーズは次の6冊目よりオール書き下ろしとなります。秋頃にはご発行いただける予定ですので、よろしかったらどうぞお手に取ってみてくださいね。

夏には『罪シリーズ』もご発行いただける予定です。また皆様にお目にかかれますことを、切にお祈りしています。

愁堂れな

「ほら、どうした。言い出したのはそっちだろ」

床に寝そべり、片肘《かたひじ》をついて僕を見上げる桐生《きりゅう》の意地の悪い物言いに恨みがましい視線を向けると、桐生は更に意地の悪い笑みを浮かべ、僕に片目を瞑《つぶ》ってみせる。

「ショータイムのはじまりだろ？」

「…………」

本当に――なんだってこんなことになってしまったのだろう。桐生の目に促され、のろのろと己のベルトを外しながら、僕はこんな憂き目に遭う原因となった今日の飲み会の話題を思い出し、大きく溜《た》め息をついた。

いよいよ期末も押し迫った今日、課員全員で十時過ぎまで残業したあと、軽く飲みに行こう、という話になり、いつも行く会社近くの中華料理店に皆して腰を落ち着けた。

『三幸園』という餃子《ギョーザ》の美味《おい》しいこの店は、深夜二時まで営業している残業面子御用達の店で、いつもは二、三十分待たされるのだが、今日は運良く、課員七名全員で一つのテーブルを囲むことができた。

「ああ。あと何日この状態が続くんだ？」

溜め息をつく石田《いしだ》先輩の横でベテラン事務職の安城《あんじょう》さんが笑っている。結婚二年目の彼女は滅多《めった》にこういった飲み会には同席しないのだが、今日はご主人が出張中とのことで、こんな遅い時間にもかかわらず僕たちに付き合ってくれたのだった。

「結果が怖いな。ちゃんと予算通りなんだろうな？」

上期は担当者ほぼ全員が見込みの数字から狂いまくり、なんとか全体で帳尻《ちょうじり》があった、というスリルを味わってしまったためか、野島《のじま》課長が冗談ではない口調で僕たちをぐるりと見回した。

「……多分」

「……僕も」

力なく答える僕たちの横で、

「結果オーライですよう」

安城さんの豪快な一言が笑いを誘い、あとは普段どおり、といおうか、普段以上にテンションの高い飲みへと突入していったのだった。

そのうち話題はなぜか下《しも》の方へとうつっていき、女性も同席しているとは思えないような話で座は盛り上がりまくった。

「セクハラで訴えますよ〜」

と笑う安城さんが一番ノリノリだったような気もするのだが、誰が最初に言い出したのか、セックスと自慰についての話が延々と続いた。

「え～？　なんで⁇　ヤりたかったら奥さんと……相手とやればいいじゃないですか」

随分酔っていた安城さんが、大きな声で凄《すご》いことを言っている。

「違うんだって。どんなにセックスする相手が充実してても、やっぱり一人でやりたくなることってあるんだよ」

負けないくらいの大声で野島課長は更に恥ずかしいことを言うと、な、と僕らを見回した。

「確かにありますよねえ」

「そうそう、相手がどうこうっていうんじゃなくって、男にはそういうことがあるもんなんですよ」

真剣に頷《うなず》く面々に「わからない～」と安城さんが頭を抱える。野島課長はそんな彼女の肩を抱くと、更に凄いことを言い出した。

「あるんだって。俺だって昔、ヨメさんに背中向けてやったもんだよ」

「それが離婚の原因だったりして」

そんな課長に鋭いツッコミを見せた小澤《おざわ》が皆に頭を殴られている中、不意に秋本《あきもと》先輩が、

「長瀬《ながせ》はどうなんだよ」

と酔っぱらった声でいきなり話題を振ってきた。

「え？」

別に猥談《わいだん》は嫌いじゃないが、女性がいる席ではちょっとな、と、すっかり腰が引けてしまっていた僕はそれを機に皆の注目を一身に集めることになった。

「長瀬もオナニーとかするの？」

「そりゃやすんだろ、な？」

な、と言われてもな、と僕は笑って誤魔化《ごまか》そうとしたのだったが、

「お前もそうだろ？　セックスとオナニーは違うよなあ？」

などと真剣に野島課長に問われ、ますます言葉を失ってしまった。

もともと僕はそっち方面は淡白にできているのか、特に桐生と暮らしはじめてからは殆《ほとん》ど自慰などしたことがない。するヒマがない、というのが正直なところかもしれないが——それもどうかとは思うのだけれど——熱く皆が頷く中でひとり『そうかなあ』というのも何かな、とどう答えようか迷っていると、

「なに、一人で清廉潔白ぶっちゃって」

石田先輩がバン、と勢いよく僕の背中をどやしつけた。

「そういうわけじゃ……」

ああ、もう酔っ払いが、と困り果てている僕に安城さんまでもが、

「どうなの？　長瀬君？」

などと突っ込んできて、それから暫《しばら》く話題は僕が何をオカズに自慰をするのか、で盛り上がるという最低の展開を見せたのだった。

結局閉店直前まで僕たちは店で騒ぎ続け、それぞれに車に分乗して帰路につくことになった。課長や先輩を見送ったあと、僕は小澤に「悪いな」と手を上げ、一人タクシーに乗り込もうとした。

「僕こそすみません……」

酔っ払ってフラフラしている小澤が、何故《なぜ》だか僕に頭を下げてくる。

「なに？」

謝られることなどあっただろうか、と乗り込んだタクシーの窓を開けて尋ねると、小澤は更に頭を下げながら意味不明なことを言い出した。

「……実はオカズにしたこと……あるんです……」

「……え？」

「ごめんなさいっ」

よく聞き取れず、問い返した僕に、小澤は大きな声で詫《わ》びると、いきなり駆け出していってしまった。

「おい⁇」

なんだっていうんだ、と首を傾《かし》げながらも僕は運転手に「築地」と告げ、アルコールを摂取しすぎた身体《からだ》をシートに沈み込ませたのだったが──。


家に帰ってから、既《すで》に帰宅していた桐生の前で飲み会の話題を出したのは確かに僕だった。

が、その話題から、桐生が、

『お前の自慰が見たい』

などと言い出すことになろうとは、予測できるものではなかった。

「……やっぱり桐生……」

やめようよ、と泣きを入れても、桐生は聞き入れてはくれず、

「そんなに勿体《もったい》つけるなよ」

と更に意地の悪いことを言ってくる。

「……なんだって僕が……」

「たまには趣向が変わっていいだろう」

桐生の言葉に、よかないよ、と溜め息をつきながらも僕はスラックスを下ろすと、トランクスの中へと手を入れた。

「往生際が悪いな」

「それも下ろせよ」

にや、と笑って桐生が僕を見上げてくる。僕をソファに座らせ、下から眺めようという彼の趣味は決していいとは言えないと思うが、結局彼の言う通り、下着までも足首まで下ろす僕も人のことは言えないかもしれない。

「………」

それにしても、本当に自分は一体何をやっているんだろうと、僕は改めて僕を見上げる桐生を、そして手の中の萎《な》えきった自身をかわるがわるに見やると、これから自分がやるべきことを思い、深く溜め息をついた。

「そこまでしておいて、何を躊躇《ためら》うことがある？」

面白がっている、というよりは、意地の悪さまで感じさせる桐生の言葉に、僕はつい非難の眼差しを足元の彼へと向けてしまった。

だいたいよく考えてみたら、彼が『見たい』と言ったからといって、何も僕が『そうですか』と見せる必要なんかないじゃないか、と言いかけた僕は、桐生の視線が一点に僕のそれへと注がれていることに気づき、言葉を失ってしまった。

『視姦《しかん》』という言葉があるが、今の桐生の視線はまさに、『目で犯す』視姦そのものだった。睨《ね》め付けられた自身が僕の手の中で疼《うず》くような気がし、僕は慌てて彼から視線を外すと、いたたまれなさに小さく溜め息をついた。

「脚、開けよ」

歌うような口調で言われ、再び目線を戻した先にある桐生の瞳に、僕は思わずごくりと生《なま》唾《つば》を呑《の》んだ。

僕の下肢《かし》に絡みつくような、ねっとりとした視線。目を細めているために黒目がちに見える瞳《ひとみ》が部屋の灯《あか》りを受けて煌《きらめ》いて見える。

「もっと……そう、いい子だ」

言われてはじめて、僕は自分が彼の言葉通り、彼の前でそろそろと両脚を広げていることに気づいた。やめよう、と笑ってそのままソファから立ち上がればいいものを、彼の視線にからめとられたように僕はその場を動けず、言葉のままに更に両脚を広げてしまっていた。

「シャツが邪魔だな」

桐生がまた歌うような口調でそう言い、顎《あご》をしゃくってみせる。

「脱げよ」

脱げ、といわれても——さすがに煌々《こうこう》と灯りのつく中、一人全裸になるのは憚《はばか》られて、僕はその場で固まってしまったのだったが、

「ボタン外して」

ごろり、と寝返りを打つようにして僕に更に近づいてきた桐生の言葉に操られでもしているかのように、のろのろとシャツのボタンへと手をかけていた。カフスを外してシャツを脱

ぎ、目で促されるままにTシャツをも脱ぎ去って、全裸に近い格好で――ソックスはまだ脱いでいなかったからだ――僕は彼の次の言葉を待つ。

「……エロティックだな」

くす、と笑いながら桐生は舐《な》めるような視線を僕の足元から上へと移してくる。僕の右手の中で、自身がその視線に応《こた》えるようにどくん、と微《かす》かに脈打った。

「いつも何を考えてやってる?」

桐生の視線がまた僕のそれを犯しはじめる。

「なに……って……」

答えているのは自分であるはずなのに、その声はあまりにも遠い。

「いつもしてるように……してみせてくれよ」

さあ、と笑った桐生の声に促され、僕はゆるゆると右手で自身を扱《しご》きはじめた。

「…………」

桐生が満足そうな笑みを浮かべ、ちらと僕の顔を見る。

「……っ」

目が合った瞬間、僕の手の中でそれがびくんと大きく脈打つのがわかり、僕は慌てて顔を伏せ、じっと自分の右手を見つめた。

「長瀬」

桐生はそんな僕の視線を追いかけるように、更にごろりと僕の方へと寝返りを打ちながら近づいてくる。

「……え？」

「今、何を考えてる？」

囁《ささや》くような低い声。その声の響きが彼のいる床から僕の脚を這《は》い登り、手の中の自身に纏《まと》わりつく。

「……なにって……」

開いた脚の間から、僕を見上げる冴《さ》え冴《ざ》えとした眼差し。

「何を考えて、その手を動かしている？」

口を開くたびに覗《のぞ》く、鮮やかにすら見える舌先の紅《あか》さ。零《こぼ》れる白い歯。

「……っ」

自然と右手の動きが速くなる。何を考えているか——何も考えてはいなかった。彼の眼差しが、唇が、その舌が、僕の身体を這い回り、撫《な》で上げ、快楽の絶頂へと昂《たか》めてゆく。

「……やっ」

不意に目の前に差した人影に、僕は閉じていた目を開いた。何時《いつ》の間にか立ち上がっていた桐生が正面から僕を見下ろしている。

「……っ」

僕の視線を捕らえたことに気づいた彼は、くす、と笑うと両手を伸ばして僕の両脚を抱え上げた。そのまま僕をソファに深く座らせると膝《ひざ》を折らせて足先をクッションの上へと下ろす。大きく脚を開いた姿勢をとらされてしまった僕は羞恥《しゅうち》のあまり自身から手を退《ど》け、僕の脚を押さえつける桐生の腕へと手を伸ばした。と、桐生は逆に僕の右手首を摑《つか》むと、そのまま自分の口元へと持っていき、呆然《ぼうぜん》と見上げる僕の前で、人差し指を口へと含んだ。

「……っ」

指を舐《ねぶ》られたとき、勃《た》ちきった自身が驚くほどにびくん、と大きく震え、戸惑《とまど》い目を伏せた僕の目に先端から零れ落ちる先走りの液が映った。

「……やっ……」

桐生がそれに気づいて、僕の指を咥《くわ》えたまま、くすりと笑ってみせたことに、羞恥でいたたまれなくなった僕は彼の視線を避けようと身体を捩《よじ》った。

「……いや、ねえ」

桐生が僕の指を離すと、またくすりと笑って身体を引き戻す。

「お前の『いや』には相変わらず説得力がないな」

言いながら桐生は僕の手を、大きく開かせた脚の付け根へと持っていった。

「……？」

眉《まゆ》を顰《ひそ》める僕に、桐生はまたにやりと笑ってみせると、そのまま僕の指をそこへと——いつも彼を受け入れる場所へと導こうとする。

「……なっ……」

ぎょっとして素に戻ってしまった僕に、桐生は、

「なんだ、後ろはしないのか」

と眉を上げてそう言うと、嫌がる僕の手を摑み、無理やりそこへと挿入させようとした。

「いやだっ……」

一度素に戻ってしまうと、自分がやっていたことが、今更だがとてつもなく恥ずかしく思えてきた。

「どうした？　弄《いじ》られるのは好きだろう？」

強引に指を入れさせようとする桐生の手から逃れようと僕は必死で身体を捩り、獲られた腕を振り解《ほど》こうともがいた。

「長瀬？」

本気で抗《あらが》っているのがわかったのか、桐生が僕の手を離し両肩を摑んで顔を覗き込んでくる。

「……いやだ」

「なぜ？」

「…………」

なぜ、といわれても——と唇を噛《か》んだ僕の顔を桐生は暫《しば》し見下ろしていたが、やがて、やれやれ、と呆《あき》れた表情になると、そのまま僕を抱き上げた。

「相変わらず気難しい奥様だな」

「……なんだよ、それ」

少しも乱れぬ着衣の彼が、靴下しか見につけていない僕を抱き上げている、そのことだけでも恥ずかしいと顔を顰《しか》めた僕に桐生は更に意地悪な言葉を口にした。

「ノリがいいんだか悪いんだか……アレだけやっておいて、今更恥ずかしいなんてことはあるまいに」

「……そんなに言うなら今度は桐生が見せてくれよ」

ついつい負けじとそう悪態をついた僕の顔を覗き込んだ桐生がにやりと笑う。

「見るか？」

「……え」

まさか、とぎょっとして彼の顔を見返すと、桐生がぷっと吹き出した。

「見せてやらないこともないが、なにぶん恥ずかしがり屋なものでね」

「……どこが」

『恥ずかしがり屋』が人に自慰を強要するか？　という僕の非難の視線を全く無視し、桐生は僕を抱き上げたまま寝室へと向かうとベッドに僕の身体を下ろした。

「ま、お前を前に一人でヤる気にもなれないがな」

「……やらせたくせに」

しつこく愚痴を言う僕の唇を、桐生の強引なキスが塞《ふさ》ぐ。唇を合わせながら、桐生にとっては『自慰とセックスは別』ではないのかな、などとくだらないことを考えていた僕は、そんな思考など途切れてしまうような彼との行為にいつしか翻弄《ほんろう》されていった。


翌朝、疲れた身体を騙して出社した僕は、また期末の慌しさに追われることになった。新人の小澤が朝、僕を見た途端に顔を真っ赤にしてわけのわからない謝罪をしてきた以外、課員たちも皆、前日の馬鹿《ばか》げた話題を引き摺ることなく、必死の形相で駆け込み計上に追われている。

「無事本締めが出たら、またぱーっと行こうな」

野島課長がそう皆を激励するように言ったのに、もう二度と会社での飲み会の話題は家で出すまい、とヘンな決意をしつつ、僕も今期最後の追い込みへと意識を集中させたのだった。

✦初出　rhapsody 狂詩曲……………………個人サイト掲載作品(2003年2月)
reasons…………………………………個人サイト掲載作品(2003年2月)
無用の言葉…………………………書き下ろし
黄金の休日…………………………個人サイト掲載作品(2003年5月)
ショーのはじまり……………………個人サイト掲載作品(2003年4月)

愁堂れな先生、水名瀬雅良先生へのお便り、本作品に関するご意見、ご感想などは
〒151-0051 東京都渋谷区千駄ヶ谷4-9-7
幻冬舎コミックス　ルチル文庫「rhapsody 狂詩曲」係まで。

幻冬舎ルチル文庫

rhapsody《ラプソディー》 狂詩曲

2009年5月20日　第1刷発行

✦著者　愁堂れな　しゅうどう れな

✦発行人　伊藤嘉彦

✦発行元　株式会社 幻冬舎コミックス
〒151-0051 東京都渋谷区千駄ヶ谷4-9-7
電話 03(5411)6432[編集]

✦発売元　株式会社 幻冬舎
〒151-0051 東京都渋谷区千駄ヶ谷4-9-7
電話 03(5411)6222[営業]
振替 00120-8-767643

✦印刷・製本所　中央精版印刷株式会社

✦検印廃止

ISBN978-4-344-81660-2　C0193　Printed in Japan